寝屋川アビゲイル

黒い貌のアイドル

最東対地

講談社
タイガ

イラスト　t o・i 8
デザイン　坂野公一（welle design）

目次

寝《ね》屋《や》川《がわ》アビゲイル

黒い貌《かお》のアイドル

【匣《はこ》】

体内に毒を溜《た》め、それのみでは死なない特異体質の人間。ある条件下で稀《まれ》に発現する。多くの場合、本人に自覚はない。

ただし毒を溜める許容量には限界があり、それを超えると匣となった人間の命にかかわる。許容量には差異があり、匣本人の資質に大きく関係する。

毒を溜め込んだ匣は体力の消耗が激しく、睡眠や血などで回復をはかることが多い。稀にたんぱく質や糖質の摂取で補うケースもある。

厄裁師《やくさいし》は匣からこの毒を取りだし、対象人物に毒を移す。一般人もその範疇《はんちゅう》である。

なお、悪意のこもった物質、薬品、呪詛《じゅそ》を全て『毒』という。

○

私たち【NE×T《ネクスト》】は新進気鋭のアイドルグループだ。

タイガー、ファイヤー、りほっちグンバツ！

サイバー、ファイバー、るるたん超かわいい！

ステージライトからは灼熱《しゃくねつ》の光が照射され、烈《はげ》しく動くたびに汗が飛び散り、キラキラと反射する。

ダンスの途中で莉歩《りほ》と目が合う。それはまばたきほどの一瞬だったけど、体感的には、十秒間くらいあったような気がする。左手に巻いた包帯に血が滲《にじ》んでいるのもかまわず、莉歩は全力のパフォーマンスだった。

その一瞬、私と莉歩は目で会話をした。

『次のセンターは絶対に獲《と》ろう！』

『うん。絶対！　絶対の絶対！』

フォーメーションが変化し、莉歩と私との距離が離れる。誰よりもスポットライトを浴び、声援が集中するステージの中心。そこが私と莉歩が目指す場所だった。

センター。あそこが今の私たちの頂点。

あそこに立つことができて初めて、前に進むことができる。

それまでは私たちは黒子だ。どれだけファンの推しを獲得できても。グッズが売れても。センターに立たなければなんの意味も持たない。

——そうだよね、莉歩。

タイガー、ファイヤー、りほっちグンバツ！

莉歩が観客席に向けて投げキッスをする。サイリウムが光のアーチを描き、莉歩のイメージカラーであるブルー一色になった。

サイバー、ファイバー、るるたん超かわいい！

掛け声に応《こた》えてハグのポーズをとり、笑顔を振りまく。今度は私のイメージカラーのイエローで染まった。

『君となら突き抜ける夢の向こうー』

アンコール曲の最後のキメ。一糸乱れぬフォーメーションで完璧《かんぺき》にやりきった。

会場は地鳴りのような歓声と熱気で包まれ、ライブは幕を閉じた。

・

「今日のライブ、いい感じだったよね」

ライブ終わりの控え室で莉歩がそう言ってスポーツドリンクを手渡してきた。

「ありがと～」

もらったドリンクを見る。グレープフルーツのフレーバーだった。

私はグレープフルーツが苦手だ。何度言っても莉歩は天然なのか毎回忘れて、これをくれる。

「またこれ～？」

「ミド特製のスペシャルドリンクだって。私も飲んでるんだからわがままいわない！　大体NE×Tのごちそう担当なんだから好き嫌いはナシでしょ」

ミド、というのはNE×Tのマネージャー、緑川《みどりかわ》の愛称で、メンバーの体のことを一番に考えてくれる頼れる人だ。

「……苦っ」

小声でつぶやく。いつもより苦みが強い気がするが、気のせいだろうか。

「今日の手ごたえだと、順位上がったかも」

「ほんと？　ランクアップしたいね！」

私がそう答えると周りを気にしながら莉歩は、やや神妙な面持ちで顔を近づけてきた。

「るる、……最近変なファンがいるって知ってる？」

「変なファン？　そんなのいないでしょ。みんないい人ばっかりだよ」

そうだけど、と莉歩は苦笑いを浮かべた。

【NE×T】の所帯は大きい。ファンの中に危険人物がいたとしてもおかしくない。それはわかっている……いや、わかっているつもりだった。

私たちのファンにそんな危険人物はいない……と、信じたい。

「ちなみにそれって……どんなファンなの？」

「それがさぁ」

莉歩は気まずそうに私を指さした。

「……私？」

ＳＮＳなどで私に対し、過激な発言しているファンがいると莉歩は話した。推しメンをランクアップさせるために他のメンバーのネガティブキャンペーンをするのはよくある話だ。

「でもそんなのを危険人物だって言ったらキリなくない？」

「そうだけどさ、るるって最近ランク上がってるからターゲットにされてもおかしくないじゃん」

ランキング下位のメンバー推しからすれば、面白くないだろう。しかし、それでも私に矛先が向けられるのはいい気がしない。

「ランクアップしてるっていってもすこしだけだし、考えすぎだって」

莉歩は認めつつ、特定の人物が複数のアカウントで発信しているみたいだと話した。

「それって一体どんなことが書き込まれてるの」

「なんか笑っちゃうんだけどさ、『呪《のろ》い殺す』とか言ってるんだ」

「呪い殺す？　嘘《うそ》でしょ、怖いんですけど！」

声がひっくり返る。バカげている。呪いで序列を乱そうなど、正気の沙汰《さた》とは思えなかった。

「うそ、そういうの信じちゃってるタイプ？」

「信じるっていうか……普通じゃないじゃん」

「まあ出る杭《くい》は打たれるっていうし、あんたがランクアップして面白くない人がいるんじゃん？」

「そんなわけないって！　なんで私が……」

そこまで言って言葉に詰まった。

書き込んだ犯人が外部にいるならともかく——……もしもメ、ン、バ、ー、に、犯、人、が、い、た、と、し、た、ら？

「そうだよね」

頭を振り、ふと湧《わ》いた邪念を払った。

「どうかした？」

「ううん。呪いとかそういうの、やっぱり怖いなって」

「そんなのあるわけないじゃん。もしも本当にそんなのがあるとしたら、私が教えてもらいたいくらい」

心臓が高鳴る。

「教えてもらったら、どうするつもりなの」

「そうだな〜、るるを呪うかも。アイドルができなくなるくらいブスにしちゃう」

ひゅっ、と息が止まる。血の気が引くのがわかった。

莉歩は笑いながら包帯を巻いた手で十字を切ってふざけた。私は精一杯の作り笑いで応えたが、うまく笑えているだろうか。

「その手の包帯、今朝から巻いてるよね」

「ああ、うん。昨夜、ファンサ（ファンサービス）の小道具作ってたらカッターで切っちゃって」

包帯の手を隠して莉歩は笑う。

「私のこと疑ってる？」

「まさか！　痛そうだから心配だっただけだよ。私が莉歩のこと疑うわけないよ」

莉歩を疑うなんてどうかしている。莉歩がそんなことをするわけがない。

「ハイレゾさんが入られまーす！」

突然、マネージャーの緑川の大きな声が木霊し、驚いて振り返る。

「お疲れ様です！」

続いてメンバーたちが一斉に挨拶《あいさつ》を合唱した。

「はい、お疲れ様ですー」

ライブを観《み》にきていたプロデューサー・ハイレゾが着物をベースにした珍妙な恰好《かっこう》で現

れた。いつ見てもこの人はアーティスト然とした無国籍感を放っている。

「ハイレゾさん、お疲れ様です！　今日のライブ、一生懸命やりました！」

莉歩が真っ先に自分を売り込むような挨拶をする。すぐにメンバーの数人から冷ややかな視線が飛んだ。

「あー、そうだね。よかったよ」

「本当ですか！」

「うん。みんな、よかった」

「あの、そうじゃなくて……」

莉歩の話を途中で切って、ハイレゾが控室の中央に立ち「順位発表でーす」と宣言した。ハイレゾは二ヵ月に一度、こうやって突然現れては上位二十位までの人気順位を発表する。

私たちはその結果を毎回指針にし、一喜一憂するのだ。

「まず三位、みぃみゃ。次に二位は夏鈴《かりん》だ」

場がざわめく。一位二位の常連がこぞって順位を落としたのだ。

固唾《かたず》を呑《の》む。莉歩も緊張の面持ちだ。

ライブや握手会の時とはまた全く違う緊張感が漂う。正直、私はこの口頭での順位発表の空気が苦手だった。

順位が上がらない限り、嬉《うれ》しいものではない。

「大番狂わせが起きたぞ。……るる、一位はお前だ」

ワアッ、と部屋中が沸いた。

自分が呼ばれたことよりもその大きな反応に驚き、肩が強張《こわば》る。

「え……私？」

「そうだ。六位からのジャンプアップ、よく頑張ったな」

「るるが一位……」

放心したまま立ちすくむ私のそばで莉歩がつぶやいた。

莉歩の順位は四位から動いていなかった。

「それじゃあ、これからもみんな切磋琢磨《せっさたくま》して己に磨《みが》きをかけるよーに」

ハイレゾは最後にそう言い残して部屋をでていった。

「やったじゃないか、おめでとう！」

緑川も満面の笑みで称《たた》えてくれた。

「私がセンター……夢ですよね、これ」

「本当だよ。だから笑え、るる」

「はい……ありがとうございます。緑川さん」

私は興奮冷めやらぬまま、寝付けない夜を過ごした。


そしてその翌朝。

私のアイドル人生はなんの脈絡もなく、唐突に終わりを告げた。

其《そ》の一　アビゲイル

1

【NE×T全国ドーム制覇ツアー　京セラドームは……】

電車の吊《つ》り広告のコピーを目で追い、大阪公演が近いと知る。

大阪に滞在するのは長くなったとしてもせいぜい一泊だろう。莉歩たちがツアーで大阪にやってくる前には東京に帰れるな、と頭の中で計画する。

仕事でもないのにNE×Tが公演に来る土地にいるのは、なんだか複雑な気分だった。

『本日も京阪《けいはん》電車にご乗車いただき誠にありがとうございます。次は寝屋川市《ねやがわし》……』

寝屋川市駅で降りた私は、知らない景色にしばし立ちすくんだ。

親しみのある緑と白のツートンカラーの車両が走り去ってゆくのを見送って、『京阪のる人、おけいはん。』という見出しのポスターを眺《なが》めた。

「京阪だから、おけいはんってことか……」

ひとりで納得して階段を降りるとパンの香ばしい匂《にお》いがする。構内にパン屋があった。

『神戸屋《こうべや》』と看板に書いてある。

「大阪にもあるんだ……」

スマホに保存したメモの画像を見る。『川がある方にでて右』と書いてある。この川はやはり『寝屋川』なのだろうか、などと考えつつ歩いていると交番に突き当たった。

警官が腰に手を当て、宙を睨《にら》んでいる。私は咄嗟《とっさ》に帽子のツバを持って深く被《かぶ》りなおした。やましいことはないが、顔を見られたくない理由があった。

ふと黒い影が警官の背後ににゅうっと現れた。一度目を逸《そ》らした視線が影に釣られて持ちあがる。目だけがはっきりとした黒い影だった。

目を擦り、一度瞼《まぶた》を閉じて改めて見返す。影はなかった。このところ頻繁に見る幻覚だった。相当、参っているらしい。

待ち合わせ場所の店、【桜夢庵《おうむあん》】が見えてきた。

『桜夢庵に入ったら店員に「恵比須《えびす》で予約している」と伝えること』とメモに書いてある。

桜と一文字書かれた白い提灯《ちょうちん》と瓦屋根《かわらやね》の立派な門をくぐると、石灯籠《いしどうろう》と風情のある庭が出迎えた。オシャレな和食レストランだ。

玄関に入るとすぐに店員がやってきた。予約名を告げ、庭が見渡せるテラス席へ案内された。

「素敵なお店ですね」

「ありがとうございます」

店員はにこやかに立ち去る。そこにはスーツ姿の老紳士がひとり、テラスからの景色を見ながら、座っていた。

「あの……」

対面側に立っても私に気付かなかった老紳士は、ようやく窓の外から私に目を移した。

「これは申し訳ございません。私としたことが気付きませんで」

老紳士が立ち上がり、律義に頭を下げる。焦るのは私のほうだ。

「いえ、いいんです。もともと影が薄いタイプですし」

「影が薄い……ですか。私にはむしろ影が濃いように思えるのですが」

老紳士の言っている意味がわからず、曖昧《あいまい》に笑っておく。だが席に着こうとした時にガラスに映った私の姿を見て腑《ふ》に落ちた。

黒い帽子、黒いサングラス、黒いマスク、黒い服。黒一色だ。

これではまるでカラスだ。ふとさっきの警官の背後に立った影を思いだし、大差ないな、と急に恥ずかしくなり、笑ってごまかした。老紳士はそれでも訝《いぶか》しんだ目で私を見ている。

上着どころか、帽子もサングラスもマスクも取らない私を不審に思っているに違いない。好きで黒ずくめの恰好をしているわけではないが、結果これで目立っているのなら本末転倒だ。

「お嫌いな食べ物はございますか」

「え？　いえ、特には……あ、グレープフルーツが苦手です」

「かしこまりました。それ以外にないのでしたら注文は任せていただいても？」

私がうなずくのを確認し、老紳士は店員を呼んだ。

注文を終え、店員が捌《は》けるのを待って老紳士は名刺を差しだした。

【恵比須　雨彦《あめひこ》】と書いてある。あとは電話番号とメールアドレスのみの質素な名刺だ。

慌てて私も名刺を探したがすぐに気づく。私は何者でもない。名刺など持っているはずもないことに。

「すみません。名刺、持っていなくて」

「結構ですよ。教えてくだされば」

「ありがとうございます。私は瑠璃丘類依《るりおかるい》です」

「よろしくお願いいたします。瑠璃丘様」

おじぎで応え、目が泳がないようテーブルを見つめた。サングラスなので悟られることはないとわかりつつも落ち着かなかった。初対面の人は苦手だ。

「どちらからいらしたんですか」

「東京です」

「なるほど。日本を二分する大都市とはいえ、東京と大阪は景色が違うでしょう」

「歩くのがみんな速いです」

「はは、確かに。エスカレーターを追い抜く側も違いますし、新大阪に着いて早々その洗礼を受ける羽目になりますから」

「そうなんですよ！　ひとりでくるのは初めてだったから、私知らなくて。気付いたら私だけ左側にぽつんって」

雨彦の話に共感し、つい身を乗りだした。

「新大阪は地下鉄にも接続しておりますし、土地柄的にオフィス街でもあります。旅行者と通勤者が入り混じった場所でもございますので余計に忙《せわ》しないのでしょう」

なるほど。

寝屋川は新大阪に比べるとかなり人は少ない。新大阪はどこもかしこも人が多く、車がびゅんびゅん行き交っているようで恐ろしかった。しかし寝屋川はそんなことはなく安心した。

「あの、恵比須さん」

「私のことは『雨』とお呼びくださいませ。瑠璃丘様」

「そうですか……わかりました。じゃあ、雨さん。私のことも『るる』と呼んでください」

「るる様、ですか」

「るるの『る』はるんるん、いっぱい食べ『る』、みんな愛して『る』のる！　NE×Tごちそう担当、瑠璃丘類依。るるたんでーす」

雨は虚を突かれたように目を丸くし、固まった。

「……アイドル時代のキャッチコピーです。ずっとこっちで呼ばれてきたから、本名呼ばれるのに違和感があって」

照れ隠しに口元を隠そうとしたがマスクに阻《はば》まれ、その必要がないことを思いだした。同時に顔を隠している理由がよみがえり気が滅入《めい》る。

「お待たせいたしました」

店員が料理を運んできた。鉄板に載った美味《おい》しそうなステーキ膳だ。

「懐石料理もあるのですが、お若いお嬢さんですのでお肉の方がいいと思いまして。ここは和牛もとても美味しいのでどうぞお召し上がりください」

雨はそのように勧めてくれた。確かに見るからに美味しそうなステーキだ。鼻から吸い上げる脂の甘い香りで頭がくらくらする。

「あの、ご飯大盛りにしてください！」

しまった！　咄嗟に雨を見ると彼は気にするでもなく穏《おだ》やかに笑みを浮かべていた。

「たくさん食べるのは若い証拠。よければ私のお肉も半分召し上がりますか」

「いえ、大丈夫です！　すみません……」

食いしん坊キャラなのは今に始まったことではないが、それでも初対面の人間の前で食い意地を見せてしまうと恥ずかしくなる。

山盛りごはんが運ばれてくるとその羞恥心《しゅうちしん》は跡かたもなく吹き飛び、早く食べたいという欲で目が回りそうだ。

「どうぞ」

雨に促《うなが》され、手を合わせた。だが、マスクを外そうと耳に手をかけたところで固まってしまった。

人前でマスクを外すのに抵抗があった。

「どうかしましたか」

「いえ、あの……」

雨は黙ったまま私を観察する。やがてなにかを察したのか、優しく微笑《ほほえ》んだ。

「ではこうすることにしましょう」

そう言うと雨は目を閉じたまま、器用に肉を切り口に運んだ。

「本来、食事とは味を楽しむものでございます。たまにはこうして、視覚に頼らない食事もいいものです」

「……ありがとうございます」

雨の心遣いに涙がでそうになった。私はマスクを取り、「いただきます」と食事をはじめた。

「おいしい」

口の中に肉汁と甘い脂が溢《あふ》れだし、この上ない幸福感に包まれる。人生万歳《ばんざい》。

誰かと食べる食事はいつぶりだろうか。それもこんなにおいしいお肉を。

幸せに包まれ、肉とごはんを頰張《ほおば》りながら雨を見た。目を瞑《つぶ》っているはずなのに雨は微笑んだ。そして本題は食事のあとにしよう、と言った。

2

『CR【NE×T LIVE】、ついにデビューだよ！　ホールで私たちが大活躍！』

雨と別れてひとり、横断歩道を渡ったところで心臓が止まりそうになった。唐突に目に入ったそれは、パチンコ店の大きなポスターパネルだった。中央に莉歩の姿が大きく配置されている。

「莉歩……」

あれから二年。私がグループを去って一年後に莉歩は念願だったセンターに抜擢《ばってき》された。私の夢を、莉歩が代わりに叶《かな》えたのだ。

人気投票ではトップ3《スリー》をキープしていた。連覇の難しさがよくわかる。だから、自分のことのように嬉しかった。同時に複雑でもあった。

今の私が莉歩に会う資格はない。この顔に奪われてしまった。祝いの言葉さえも届けられない。

でも、もしかしたら……

ふとよぎる微《かす》かな期待。これから会う人物が、私にかけられた呪いを払拭《ふっしょく》してくれるかもしれない。そのために私はこんなところまでやってきたのだ。

『私たちのホールLIVEで最高にアツくなってね！』

莉歩の言葉をエールに変えて、私は前に歩きだした。きっと、戻るから。だからそこで待ってて。


【自転車は必ず降り、押して歩いてください】

という看板の横を次々と自転車に乗った通行人が通り過ぎてゆく。ここまで公然と注意看板が無視されていいのだろうか。

半面、商店街は活気づいていた。前にローカル局のテレビ番組で地方の商店街ロケをしたことがあるが、ほとんどが閉店しシャッターが閉まっていた。

それに比べれば『ベルおおとし商店街』は閉店も少なく、にぎわっている印象だ。

「ちょっとお姉ちゃん、真っ黒やんか！　そんな黒い恰好してたらカラス寄ってきよんで」

「え？」

見ず知らずの中年女性が突然話しかけてきた。黒い恰好をしているからそう言ったのだろうが意味不明だ。

女性はさっさと去ってしまった。会話をしたかったわけではなさそうだ。私は呆然《ぼうぜん》と、去ってゆく背中を見つめた。

東京では誰も私の恰好になど無関心だった。ぶつかったって無言で歩き去ってゆく。なのにこの町ではただ歩いているだけで、子供が「カオナシー」と指を差してきたり、缶ビール片手に酒屋の前から「姉ちゃん暑ないんか」と声をかけてきたりする。

大阪って、こんなに話しかけられるところなのか。

もし変装もせず素のままで歩いていたら騒がれていただろうか。一度よぎった思いを振り払う。

——じゃあ、いっそのこと帽子もサングラスもマスクも全部取っちゃったほうがよっぽど人気者になれるじゃん。

マスクの下で笑む。自虐に満ちた顔がそこにはあった。

ふと空が明るくなり、気が付くとアーケードを抜けていた。

「ええっと、確かここを左に……」

すると雨の言った通り住宅地が現れた。そしてそのまま突き進んでいくと、曲がり角の左手に壁に猫のイラストが描かれた店があった。

「ここだ」

看板には【Bar. SAD】とあった。厚紙のメモと交互に見比べ、間違いないことを確かめる。改めてちゃんと見ると猫の絵ばかりだった。

「猫好きなのかな」

バーの入口に近づくと木の板に味のある手書きで『箕面《みのお》地ビールあります』と書いてある。

店の静まり方から、まだ営業時間ではないようだ。

おそるおそるドアを引いてみた。

「……開いた」

すんなりと開く扉。

雨に紹介されてきたのだから話は通っているはずだ。中を覗《のぞ》き込んでみるが店内は暗い。

誰もいないのだろうか。カギをかけ忘れて出かけている……とか。

「あの～……」

誰もいない店内に声が吸い込まれる。

「すみませーん」

反応はない。やはり留守だろうか。

「どうしよう」

突然、にゃあと奥で鳴き声が聞こえた。なに!? 驚いて声がでてしまった。目を凝《こ》らすとグレーの縞《しま》模様の猫が警戒に満ちた目で私を睨んでいる。

にゃあ、と話しかけると呆《あき》れたような顔で猫は消えた。猫にまで呆れられるとはどんなだ、私は。

「あ、もう一匹」

カウンターの上で目を光らせている猫がいた。暗いが黒猫だとわかった。

寝転んでこちらを見ている黒猫の前足の片方が赤い。一瞬、血かと思いギョッとしたがどうやら毛色のようだ。

「赤い毛の猫って珍しいな。初めて見た」

ちっちっ、と舌を鳴らしてみるが黒猫はただこちらをじっと見ているだけだ。睨んでいるのではなくただ見つめているという点だけ、グレーの猫と違う。

諦《あきら》めてドアを閉めた。

「どうしよ」

店が営業するまでどこかで時間を潰《つぶ》すしかない。幸いここは駅前で店も多いので、カフェでも探そうか。

「ちょっとあんた！」

「ひゃ、ひゃい！」

突然の大声に驚いて変な返事をしてしまった。脈打つ胸を押さえながら振り返った目の前に豹《ひょう》がいた。

「え、豹？」

「はあ？　なに言うてんのあんた」

大きな豹が黄金色の宝石のような目で睨みながら人語を話す。声音から察するに雌《めす》だろうか。

「どこ見てんねん！」

「ひゃあ！」

次なる怒声に飛び上がった。その拍子《ひょうし》にようやくその豹が服の柄であることに気づく。視線を上に移すと大きな豹の頭の上に小さな頭がもうひとつ。まん丸く張った肥満体型の中年女だった。

「なんやのあんた！　アビゲイルんとこの新しい子かいな」

「アビゲイル……？　鰐《わに》ですか」

「クロコダイルやそれ！　ダンディーちゃうで！」

なんで怒っているのかわからない。というか私が勘違いしたのはアリゲイターのほうなのだが。

豹の顔のドアップ柄の服を着た太った女は明るい髪色にパーマをかけているのに、化粧っ気はまるでない。というか大阪の人って本当に豹柄なんだ。

「まあええわ、こんな時間にそこおるいうことはアビゲイルんとこのなんかやろ。ちょうどええからこっちきい」

「え？　ちょ……」

有無を言わさず豹女に手を引かれ、強引につれていかれる。すごい腕力だ。

「こない小便臭いガキの使いなんぞ役立つんかいな。アビゲイルも焼きまわっとんちゃうか」

「アビゲイル……？」

ぐいぐいと引っ張られながら、なにが起こっているか必死で整理しようとするがうまくいかない。

わかっているのは豹女がしきりに口にだす『アビゲイル』という言葉だけだ。

「あんたはなにができんの」

「う、歌ったり踊ったり、あと食べたりとか」

「なんや珍しいタイプやな。まあかまへんわ、やることさえやってくれたら」

「なにをやるんですか」

「うちんとこの物件で首吊《くびっ》りよったおっさんおってな、そのおっさんがなんし悪さしよんねん！　全然、入居者入らへんからなんとかしたってえな」

首吊りしたおじさん、そのおじさんが悪さをする、入居者が入らない、なんとかしろ……？

頭の中で今言われたことを並べてみるが、余計にわからなくなった。

「あの、そんなところに行っても私、なにも……」

「なんやあんた丁稚《でっち》の坊主《ぼうず》かいな！　ツイてへんな、ほんまに。まあええわ、下見だけでもしてってえな」

「下見って、なんの……」

「ごちゃごちゃやかましいな！　黙ってついてきい！」

怒られた。

涙目になってきた。とにかくわけがわからない。

豹女に連れられて川沿いの公園を歩いた。途中、どんぶりをかぶった『鉢かづき姫』という お姫様の石像があった。

フォルムがやけに生々しいタコの遊具の上で、小さな子供がふるふると足を震わせている。タコの足が滑《すべ》り台《だい》になっていた。

下で母親がせーの、せーの、と鼓舞している。女の子はなかなか決心がつかないようだ。

「かわいい」

私がつぶやいたのと同時に、女の子の背後ににゅっと小さな黒い影が顔を覗かせた。やはり目だけはっきりと見える。黒い影はぼんやりしたシルエットから手を伸ばし、今にも女の子に触れそうだった。

思わず「危ない」と言いかけたが、影が触れる前に女の子は滑り台を滑った。母親が抱きしめ、勇気をだして滑ったことを大げさに称えている。

黒い影は、届かなかった手を所在なさげに伸ばしたまま少女を見つめていたが、やがて消えた。

「なにしてんの、はよきてえな！」

「は、はい！」

豹女の苛立《いらだ》った声に慌てて歩みを速めた。幻覚にしてははっきりしすぎている。最近ではあれが本当に存在しているようにさえ思いはじめてきた。

黒い影を見るたび厭《いや》な気持ちになる。

急に豹女のでっぷりとした背中が立ち止まり、ぶつかりそうになった。

そして不機嫌そうな表情のまま、「ここや」と振り返った。

「ここ……ですか」

ここってどこだ、と思いつつ顔を向けるとなんの変哲もない普通のマンションがあった。

強《し》いて言うなら築年数は古そうだということくらいだろうか。

オートロックもない開けっ放しの一階玄関のガラス扉から集合郵便受けが覗いている。

転ぶと痛そうな角ばったコンクリの階段が住人の帰りを待っていた。

「この二階の部屋や」

「二階、ですか」

「なにしとん、はよ行きいや！」

尻《しり》を強く叩《たた》かれた。

痛《い》ったぁ、と思わず叫ぶも豹女は意に介さず再度早く行けと急《せ》き立てる。

「だから、なにしに行くんですか！」

「行ったらわかるっちゅうたやろ！　何回言わすねん」

「わかりませんよ、大体なんであなたはきてくれないんですか」

腹が立った私は大阪へきて一番大きな声で怒鳴《どな》った。それに対して津波のように怒濤《どとう》の勢いでやり返してきた豹女だったが、なぜか最後だけはごにょごにょと歯切れの悪い小さな声でなにかを言った。

「なんですか、聞こえません！」

「せやから、うちはそこの部屋には……」

行きたくない、と言っているらしかった。

結局、私は豹女の迫力と機関銃のような早口に負けて中へ入ることになった。

フロアに四つ、部屋があった。どれも閉まるとうるさそうな鉄の扉で無駄に明るい水色のペンキで統一されている。

『２０３』と書かれた鍵《かぎ》を持たされ二階に上がると、ドアの隙間《すきま》から黒い手や顔がはみだしている部屋が見えた。ドアには『２０３号室』とある。あのはみだしている黒い手や顔は幻覚か？

寝屋川《ここ》へきてから頻繁に見ている。はっきり言って異常だった。

「こんなの、入れないよ」

それでなくともこれまであの影には触れないよう暮らしてきたのだ。自分からわざわざ近づかなければならないなんて意味がわからない。

やはりあの影は実在しているのか？　それに私にしか視《み》えていないとしたら？

考えるだけでも怖気《おぞけ》で足がすくむのに、それを確かめるような真似《まね》なんて無理だ。

「ダメ。Uターン！」

『コッチヘオイデ』

その場から離れようと踵《きびす》を返《かえ》したのと同時に人ではないなにかのような声が聞こえ、思わず足が止まる。

『オイデ、オイデ、オマエハコッチ』

恐ろしかった。恐ろしかったがそれ以上に、黒い影の『オマエハコッチ』という言葉が気になって仕方がなかった。

『顔ノソレガソノ証拠』

思わず振り返った。閉め切った水色の扉の、指も差し込めない狭く小さな隙間から黒い影の頭が私を見つめていた。やはり、目はある。もうこれが幻覚だなんて思えなくなっていた。

「あなた……これがなんなのか、わかるの」

『オイデ、オイデ』

ガクガク震える足で一歩、部屋に近づく。そして、もう一歩。

自分でも信じられない行為だった。なぜならそこには得体の知れない危険を孕《はら》んだ、未知の世界が広がっている。きっと、ただでは済まない。

だが私はそれを承知でも、触れなければならなかった。

サングラスを外す。右目のあたりを指で触れながら、黒い影に今度ははっきりと問う。

「ねえ、これが、なんなのか、わかるの！」

『トモダチ、コッチヘオイデ』

「はぐらかさないで答えてよ！」

鼓動で飛びだしそうな心臓を胸の上から押さえ、一気に近づきドアに触れた。その瞬間、じゅるんっとした変な感覚が指先から入ってくる気がした。

「おい！」

耳をつんざいた呼び声に驚き、ドアから手を離した。

後ろを振り返るとコンビニ袋をぶらさげた金髪の男が立っている。

長身でスラリとした体形。それなのに恰好は上下スウェット、部屋着丸出しのその姿はひどくアンバランスだ。

「す、すみません」

住人だと思った。この部屋に住んでいるのだろうか。こんなにも危なっかしい部屋に。

そう思うとアイドルみたいな容姿の金髪男が心配になる。

「大きなお世話だと思うんですけど、あの……ここは引っ越したほうが」

「はあ？　なに言ってんのオマエ」

呆れ顔でずんずんと近づいてくる。顔が近くなって金髪男が日本人ではないことがわかった。流暢《りゅうちょう》な日本語だが、目が碧《あお》いから間違いない。

背の高さと透き通るような、すこし赤みを帯びた白い肌で確信を深める。

「なに見てんだ。ほら、どけ」

ぶっきらぼうな口調がスウェット姿以上にアンバランスだった。

「すみません」

あからさまな迷惑顔にこれ以上かかわるのはよくないと感じた。金髪男に言われるまま私はマンションをでた。

外で仁王立《におうだ》ちする豹女が胸の豹と同じ鋭い瞳《ひとみ》で私を睨みつけてきた。ドアに触れただけでなにもできなかった負い目を感じる。だがすぐ後にそもそも私は関係がないのだと自分に言い訳した。

「あの、部屋には行ったんですけど」

「ああ、あんたはもうええねん。アビゲイルきたさかいな」

「アビゲイル?」

「会《お》うたやろ、中で。金髪の兄ちゃんや」

あっ、と声をあげて私は振り返った。あの外国人のイケメンだ。あれがアビゲイル……するとと私が振り返ったタイミングで、ぺたぺたとサンダルを鳴らしながらアビゲイルが降りてきた。

「なんやもう終わったんかいな! いくらなんでも早すぎるやろ、ちょろまかしとんちゃうか!」

「ちょろまかすか。ババア、いい加減な案件持ってくんじゃねえよ」

アビゲイルは不機嫌そうに眉《まゆ》をひくつかせながら、あの部屋にはなにもなかったと告げる。豹女はそんなことはないはずだとすごい剣幕でまくしたてた。

「あーうるさいうるさいうるさい！　マジで獣《けもの》かよババア！」

「あほなこといいな！　あの部屋になんもないわけないやんか！　もう一度ちゃんと見い」

何度見ても一緒だと躱《かわ》しアビゲイルはコンビニ袋をシャカシャカと鳴らしながら、何食わぬ顔で去っていった。

そんなアビゲイルの周りを豹女が衛星のようにぐるぐる回りながら文句を言っている。

そしてこの場に、私ひとりが取り残されてしまった。

「……全然わからない」

呆然と立ち尽くす私は、しばらくそこから動けないでいた。

3

豹女が登場してからは怒濤の勢いだった。わけもわからず巻き込まれた挙句、結局なにがなんだかわからないまま過ぎ去っていった。気づけば一時間を大きく経過している。今から再びBar. SADに行けばちょうど二時間ほど空けたことになるだろうか。時刻もいい頃だし、そろそろ誰かいるかもしれない。

そう思い、私が猫と箕面ビールの店を再訪したのは十六時を少し回ったところだった。外からガラス越しに覗くとカウンターの奥に明かりが見えた。思った通り、店に人がいるようだ。

「あのー……すみません」

ドアを開け、店内に声をかけた。灰色の猫が「またお前か」と言わんばかりに私を睨んで、にゃあと鳴いた。

「あー、今日休みなんすよね。出直してくれますか」

奥から気だるそうな声が返ってきた。歓迎されていない声に気圧《けお》されそうになるが、負けまいと声を張った。

「私は恵比須雨彦さんからここを聞いて……」

「雨？　ああえべっさん。なんだうちの客か」

そう言ってカウンターの奥から姿を見せたのは——あのアビゲイルという金髪男だった。

「あっ……」

「あれ、オマエさっきパンサーの物件にいた女じゃん」

「えっ、そうですけど……」

「さっきはいちいち言わなかったけど、なんで真っ黒なの？　帽子にサングラスにマスクって、危ねーやつ？」

なんだその言い方は。

「初対面なのに『女』って、失礼な言い方じゃないですか。それに私がどんな恰好してようがあなたに文句言われる謂《いわ》れはないです!」

口の悪さはさっきのマンションでわかっていたが、こうして面と向かって口悪しく言われるとカチンとくる。

「はいはい、わかったわかった。今アビーいないけどとりあえず入って」

「ちょっと、そんな言い方……」

アビゲイルは意に介さず、といった様子でまったく悪びれることがなかった。その態度に余計苛立ちが募《つの》る。

「マイクラとかする?」

「はあ?」

「マイクラだよマイクラ。やってねえの」

「やらないです!」

「あんだよ、つまんねーの」

アビゲイルは冷蔵庫からパンナコッタをだした。

「飲み物とかなんもねーけどいい? 店のものに勝手に手ぇだすと怒られんだよね」

と言いながら自分はパンナコッタのフタを剝《は》がす。どうやら自分のぶんのようだ。食べたい!

「結構です!」

いちいち言うことが癇《かん》に障《さわ》るこの金髪男が、雨が紹介した男なのだろうか。想像よりも随分若いし、とても私を助けてくれる風には見えない。

「それにしてもその恰好。真っ黒でマジワロなんだけど」

「これは、いいんです! そんなことは。それより頼みたいことが……」

「依頼だろ。それは俺に言っても無駄だぜ。アビーに言え」

そういえばさっきアビゲイルは「今アビーいないけど」と言った。アビゲイルとアビーとは別人のこと? それにどちらも外国人なのだろうか。

「外国の霊能者? エクソシストとか……なんですか」

「なに言ってんだオマエ。いいからアビーのところに行け」

アビゲイルはパンナコッタをパクつきながら、簡単な地図をメモに書いた。

「ここにいるから」

アビゲイルはふと「そうだ」とつぶやいた。ふと見上げるとなぜか口元が笑っている。

「アビーには俺から連絡しておいてやるよ。そのほうが話が早いだろ」

急に親切になった。もしかしたら事情を察してくれたのかもしれない。

散々、ムカつく男だったがちょっとしたやさしさに触れ、すべてを許そうと思った。アイドルはこんなことで怒ったりはしないのだ。

「ほら、早く行けよ」

ありがとうございます、と礼を告げてからふと気になっていたことを訊《き》いた。

「外国……の方ですよね」

「見たらわかるだろ、ノルウェーだ」

寒い国の出身ならばアビゲイルの白い肌や透き通る碧い瞳が腑に落ちる。

「ノルウェーにいた時より日本にいる時間のほうが長すぎて言葉も全部忘れたけどな」

「私は瑠璃丘類依です。阿南《あなん》さんの紹介で東京からきました。これをどうにかしてくれるって聞いて……」

アビゲイルが首を傾《かし》げる。これ、と言っておきながら私はそれがなにを差すのか濁《にご》したからだ。

「阿南のおっさんかよ、また面倒な仕事じゃねえの。ワロ」

「さっきからその『ワロ』って」

「は？　わかるだろ。『ワロタ』っていうじゃん。草とかよりこっちの音がおもしろいからな」

案の定、思った通りだったが、使っている理由が幼稚すぎる。

「実際の会話でも使っている人は初めてです。というか、そんなに日本語が上手なのに関西弁じゃないんですね」

「関西弁って下品じゃん。美しくない。ワロ」

関西人が怒るぞ。いや、その『ワロ』だって相当品が無いし。

「とにかくアビーのところに行けよ。オマエと喋《しゃべ》ってる時間が勿体《もったい》ねーんだけど」

「なんでわざわざそんな言い方……」

「オンラインロビーに戻りてぇの！　俺は部屋に戻るぞ」

「ちょ、ちょっと！」

「メモ通り行け。アドバンスドねやがわ2号館の向かいにあるADCだ。パーマの茶髪に変な柄のスーツ着ている奴《やつ》がいるから、『仕事の相談だ』って言え」

4

メモを頼りに『アドバンスドねやがわ2号館』へ向かう。そうして到着して愕然《がくぜん》とした。

『アドバンスドねやがわ2号館の向かいにあるADC』とは、パチンコ店のことだった。

寝屋川市駅は駅前にパチンコ店が密集している。ここにくるまで何軒もあった。

パチンコ店で仕事……厭な予感しかしない。

「姉ちゃん、葬式かいな。そんだけ黒かったら鯨幕《くじらまく》に擬態でけんちゃうか」

ははは！　おじさんの笑い声が駆け抜けてゆく。自転車の通りすがりにまたいじられた。風のように小さくなってゆく自転車を呆然と見送る。まるでかまいたちだ。

「黒はもうやめよう……」

身バレを避けるための黒とはいえ逆に目立つとは。

マスクに隠れた頬《ほお》がひきつっているのがわかった。

これでまた『○○に行け』とか言われようものならさすがにキレそうだ。

「パチンコ店って未成年でも入ってよかったっけ」

酒は二十歳から。たばこは十八歳……いや、これも二十歳からだったか。自信がない。ということはパチンコだけ十八歳からということはないような気がする。待て、競馬はどうだ。いや、そもそもギャンブル自体が――

自動ドアのそばで思案していると、ふと頬に生暖かい風が吹いた。

驚いて顔を上げると、ふわりと巻いた茶色い髪が目に飛び込んできた。次にスラリとした細身のシルエット、見慣れない模様があしらわれたスーツ。手にはパンパンに張ったレジ袋。中には大量のお菓子が顔を覗かせている。

「お菓子だ！　うわあああい」

「な、なんや！　他人の持ってるお菓子見てうわあああいって！」

見事な突っ込みだ。さすが本場は違う。

「あ、すみません！　つい口走ってしまって」

「いやつい口走りはせんやろ！　なんやの。けったいな恰好しはってから」

あからさまに気持ち悪いものを見る目で私をじろじろと見る。顔の中心に寄った皺《しわ》が警戒心を表していた。

この男の恰好には見覚えが……いや、聞き覚えがある。ハッとアビゲイルの言った人物像を思いだした。

「アビゲイルさんに聞いて……仕事の相談を！」

「なんですのアビゲイルって。ああ、まあ聞いてますよ。せやから時短終わってすぐ換金しましてん」

時短？　換金？　なんのことを言っているのかわからず小首を傾げる私にアビーは苦笑いを浮かべた。

「とりあえず場所を移しましょか」

アビーについて行きながら後ろ姿を見つめる。

肩は丸く、体型は痩《や》せ型だがガリガリというわけではなくほどほどに肉付きがある感じだ。スーツはオーダーメイドなのか、体に吸着しているかと思うほどシルエットがくっきりと浮かんでいる。スタイルはいい。

が、なんの柄かよくわからない模様のスーツはキャメル色、それよりも濃い茶色い髪色がそこはかとなくダサい。というよりジジ臭い。それが年齢を曖昧にさせている。

「それにしてもよう僕まで辿《たど》りつけましたね」

不意に振り向いた顔も綺麗《きれい》に整っている。ツルツルの頰は髭《ひげ》の概念がないかと思うほどで、微笑みを浮かべている口元は薄い唇《くちびる》が艶《つや》やかだった。

第一印象はまさしく草食系、中性的、ジャニ系……それに関西訛《なま》り丸だしの言葉遣い。

なんだかアビゲイルとは違う方向の「ずるいキャラ」だ。

「どないしました?」

「いえ、変わった柄のスーツだと思って」

幸いサングラスのおかげで顔を見ていたことは気づかれなかった。咄嗟にスーツの柄が気になったとごまかすと、アビーは「ああ、かっこええでしょ」と笑った。

「どうせ毎日着るもんなんやから自分が気に入ってるん着たいでしょ?」

「そうですね」

「君のその恰好も企画モノっぽくてほんまええと思いますよ」

「ありがとうございます」

アビーが言った『企画モノ』の意味はよくわからなかった。なんとなく褒められている気がしたので素直に礼を言った。

駅前の噴水広場で井戸端《いどばた》会議に花を咲かせる主婦たちを横目に、バス乗り場を越える。

駅前らしく大きなビルが私たちを見下ろしていた。

「そこの道路渡ったところの喫茶店に入りましょか」

「は、はい!」

アビーはにこやかにうなずき、信号が変わるのを待った。

「それにしても君みたいな若い子がねえ……」

しみじみ噛《か》みしめるようにアビーはつぶやいた。

それを聞いてすかさず手で顔に触れる。マスクもサングラスも帽子もある。何を見てアビーは気づいたのだろうか。一瞬にして変な汗が噴《ふ》きだした。

その時、私のそばを影が横切った。

「もうほんと厭……」

「青ですよ」

「あ、はい……」

影はすでに消えていた。幻覚だとわかっていても動悸《どうき》が収まらない。

動悸を悟られないようアビーの後から道路を渡った。


「冷コーを……」

そこまで言ってアビーがこちらを見る。首を傾げる私を見て、「ふたつで」と店員に告げた。『冷コー』とはアイスコーヒーのことだと聞き、へぇーとうなずく。

「いまやったら日替わり定食がまだありますけど、ええですか？」

店員に勧められると、鼻先にナポリタンと揚げ物の匂いがふわりと漂った。舌の裏側からよだれが噴きだすのがわかる。

そういえばランチは食べたけど、デザートはまだだ。もう十七時だし、問題はない。

「あ、じゃあください」

アビーを見ると、驚いたような顔つきで見つめている。

「な、なんですか」

「いや、食うんかい！　って。いや、別にええんですけど」

「さっきのお肉もおいしかったんですけど、こっちはこっちで別腹っていうか」

「いや知らんけど」

アビーの真意がわからず顔をうかがっていると、「ええんです」とアビーは一方的に口を閉じた。

「僕は安孫子《あびこ》八李《はちり》。大阪に我孫子《あびこ》っちゅう土地があるんですわ。字で書くと我に孫に子供の子。せやけど僕は我やのうて安産の安。子供んころからよう間違えられてね。それでアビーと呼ばれてます」

つまり、アビーと呼べと言いたいらしい。くどくどと回りくどいし、そこは安心とか安全の安だろう。なぜ安産を選んだ。

「っちゅうわけで、自己紹介とあいさつはこの辺にしといてですねぇ……」

鞄《かばん》からコンパクトサイズのタブレットをだし、テーブルの中央に置いた。一緒に画面が見られるようにして、アビーは「それで……」と続ける。

「もしかしたら初めてかもしらんけど、別にこういうのは恥ずかしいとかそういうんちゃう思ってくらはったらええですよ。今は女性用のんもえらい人気あるって話やし」

画面をスクロールさせながら、アビーは「で、今日はどんなご用件でしょう」と訊いた。

「あの……呪いとか、祟《たた》りとか、そういうのを……ですね」

「呪い、祟り……ああ、そっち系ですか。えろうマニアックなご趣味で」

「趣味？　ええ、まあ……」

趣味とは違うんだけどな、と思いつつ伝わったのならばまあいいか、とアビーを見守った。

「ほら、今って昔と違ってジャンルにも多様性があるやないですか。色んな層をフォローしてるっちゅうか、一大ジャンルとして君臨してる熟女ものなんて僕らの時代はマニアックの分類やったしねぇ。いや、そういうのがあかんちゅうてるわけでも嫌いなわけでもないんですよ？　世の中が柔軟になったことに喜びを感じてるんですわ」

じゅくじょ？　マニアック？

ますます話が見えなくなった。一体アビーはなにを言っているのだろう。

「あの……」

「はい、でました。数はさすがにそないようけはないんですけどね、けどこの辺は無頼派レーベルが扱ってること多いんで、見応えは折り紙付きですわ」

疑問を投げかけようとしたところでアビーがタブレットの画面をこちらに見せてきた。

「えーっと、『女霊媒師vs欲情霊』はグローピル製作で監督はレモン芋《いも》。濡《ぬ》れ場《ば》そっちのけでアクションシーンに予算かけまくった結果、肝心のシーンは淡泊ですね。『絶倫和尚《おしょう》vs妖狐《ようこ》～妖怪《ようかい》大精争』なんかは結構長い人気を誇ってます。どうしてもこのジャンルは

VS構造モノが多いんで、これなんかどないでしょう。『リング穴』、これはおすすめ。ホラーもエロもどっちも楽しめて、ちゃんと怖くて抜ける。ハイブリッドな作品ですね。実はこの時の男優さんにドラマ『逃げるが勝ちながら役立たず』の某俳優が参加してるってのは通だけが知っている裏情報です」

そこには卑猥《ひわい》な画像がずらりと並んでいて、あちこちに見るに堪えない猥語《わいご》が飛《と》び交《か》っている。それに重ねて意味不明理解不能のアビーの解説。脳みそが煮立ち、顔から噴きだしてしまうのではないかと思った。

「あ、サンプルはここタップしてください。よかったらイヤフォンもあるんで——」

ていうか——

「これって……アダルトサイトですか」

「アダルトサイト？　ちゃいますちゃいます。DVD、ストリーミング、ダウンロードを網羅《もうら》してる総合ポータルサイトですよ」

「変態！」

つい大声をあげてしまった。アビーは鳩《はと》が豆鉄砲を食ったような顔で目をぱちくりとさせている。

なぜこの男が驚いているのだ。逆だろ逆。

「最ッ低！　なんで初対面でこんなの見せるんですか！　頭おかしいんじゃないの！」

「ちょ、ちょっと落ち着きいや！　え、だって君、僕に仕事頼みにきたっちゅうたやん！」

「これが仕事？　セクハラだし！」

すっかり声のボリュームがバカになってしまった私は止まらない。店員がやってきて
「どないされましたん？」と訊《たず》ねてくる。

「や、なんも……なんもないんです！　騒がしゅうしまして申し訳ない！」

「通報してください！　この人変態なんです！　変態パーマ！」

「誰が変態パーマやねん！　って、待て待て待て！」

たちまち店内はざわつき、店主らしきふくよかな体型の男が血相を変えて駆け寄ってきた。

「お前か、変質者は！　うちの店でええ度胸やないか、警察に突きだしたる！」

「え、ちょ……」

押さえられたのはなぜか私だ。

「おい誰か通報せえ、わしがこの真っ黒変態カラス押さえといたる！」

「やめて、放して！」

店にいた客はスマホのカメラを構えたり、おばさんは誰かに電話で実況している。誰も私に味方する者はいなかった。

「なんで……なんで私がこんな目に……」

涙が溢れてきた。絶望だ。もう駄目だ、死にたい……

5

「あー……色々と誤解があったみたいで」

うつむいたままの私をアビーが気遣《きづか》う。悪者はお前だ。なぜそっちが私を憐《あわ》れんでいる。呪詛の言葉が喉《のど》まで上ってくる。

「いや、普段僕のところを訪ねてくるお客さんって、大体が『オカズの相談』しにきはる人ばっかかやから」

睨む。

「や、やからえらい若い女の子がきはったな、って思うたんですよ！　普段はおじいばっかやから。せやけどそない恰好してはるし、まあ人目につかんよう細心の注意を払いつつ……固い意志できはったんかと」

つまり私は変装してまでアダルト動画を買いに来た変態女だと思われたわけだ。

だが憔悴《しょうすい》した姿の私に相当狼狽《うろた》えているようだ。

卑猥なものを見せつけ解説したことが悪意を持ってのことではないのはわかった。しかし、だからといって理性と感情は別の話だ。

「謝って」

「え？　ああ、あの……えろうすんません」

「もっとちゃんと謝って！」

「な、なんやねん！　ちょっと下手にでたらえらそうに……うっ」

また涙が噴きだしそうだった。なんとか耐えようとして体が震える。

それを見てアビーは不満を吐《は》きだしそうになったのを収め、再び狼狽えた。

「ここはひとつ穏便に……申し訳ありませんでした……」

深く頭を下げるアビーを目の前にし、ゆっくりと落ち着いていく。

「私も用件をハッキリ言わなかったのがいけなかったんです。ごめんなさい」

アビーの姿に正気を取り戻した私は、自分自身の非も認めて頭を下げる。周りの客からの好奇な視線を感じながら顔を上げた。

「くっそ、ゲイルのボケ……」

ゲイル？　アビゲイルのことじゃないのか。

つぶやきながらアビーは悔《くや》しそうに唇を噛んだ。なぜそっちがそんな態度なのかともう一度沸騰しそうになったが、話が進まないので耐えた。

「それであの、本題なんですが……なんて言ったらいいか」

気を取り直して本題を切りだしたはいいが、うまく言葉にならなかった。

「言いづらいこと？」

「いえ、その、どう説明したらわかってもらえるか……」

日替わり定食が運ばれてきた。アジフライとカニクリームコロッケにタルタルソースとデミグラスソースがかかっている。小鉢は筑前煮《ちくぜんに》、みそ汁の具は油揚げだった。

「せやったら、順を追って話してくれはったらええよ。言うてこの後も別に急くような仕事もあらしまへんし」

「でも、アビーさんに話していいのか」

　私はアビゲイルが雨に言われた相談すべき相手だと確信していた。少なくともこの変態エロパーマではない。そんな輩《やから》に自分の事情を話していいものだろうか。

　アビゲイルはアビーと会って相談しろと言った。つまり、雨と同じような役割なのかもしれない。私の秘密を打ち明けなければ、これはいつまでも消えないかもしれないのだ。

　そう思った私は観念し帽子とサングラス、それにマスクを外して見せた。そしてアビーはその瞬間、小さく息を呑んだ。

「これがここまできた用件です。もしかしたら見当違いかもしれませんけど」

　私の顔は左側の額から鼻を越え、唇の右側に向けた顔半分が真っ黒なシミで覆《おお》われていた。痣《あざ》とも日焼けともかさぶたの痕《あと》とも、虫に刺されたのとも違う。毒々しいシミは首から下にも及び、右胸から腰にかけて広がっていた。

「右腕のここまでは大小の斑点《はんてん》みたいになっていて……左腕と脚には今のところ広がっていません。私としては病気の一種だと思ったんですが、病院を何軒まわっても『原因不明』と診断され、健康上の異常はないから、と相手にされません。美容整形にも行きましたが範囲が広すぎて治療は難しいと言われました。一時的に状態を戻せたとしても再発しないと約束できない以上、下手な処置はしないほうがいいと」

そこまで喋って、再び帽子やサングラスを戻す。マスクを耳にかけながら、「だから、病気以外が原因じゃないかって……」と肩を落とす。何度この話をしても、気分が落ちる。人に話す上で一番厭な話題だ。

「医学的には原因不明。つまり『ただのシミ』以上のことはなにもわかりません。でも、この数ヵ月くらいで急にシミの範囲が広がったんです。それで恐ろしくなって……もしかしたら呪いとか、そういうのじゃないかって」

笑われるかもしれない、と思いながら私は『呪い』という言葉を使った。

「なるほどなぁ……えべっさんに会《お》うたっちゅうてたね。えべっさんのことは誰に紹介してもろたんかな」

「いただきます」

「いや話の途中」

「雨さんを紹介されたというか、場所と時間を指定されただけです。そこにいる人物に会うようにって」

箸《はし》でコロッケの衣を割ると中から湯気と共に赤いつぶつぶの乳白色のクリームがどろりと流れでた。たちまちクリーミーなカニの風味が周りを包む。

「誰、それ？」

「はふっ、すご……んま」

「とりあえず食うてまおか」

「んふぅ、んぐっ……ぷはっ！　幸せ……あ、阿南さんって方です」

阿南！　アビーは突然叫んだ。

さっきの店主がひょっこりと顔を覗かせ、慌ててなんでもないと手を振る。

「阿南裕之《ひろゆき》か！　あのボケ、僕は全然聞いてへんぞ！」

突然の大声に驚いたが、小鉢の筑前煮は素朴な味で美味しかった。

阿南裕之は表向きは金融業……いわゆる金貸しをしている男だ。

しかし、その裏の顔は『霊能者ブローカー』。

顔のシミが突如現れて以降、数々の病院やカウンセリングを転々としてきた。知り合いの助言もあり霊能関係者にも相談する機会が数多くあったし、具体的な解消法を教えてくれた者もいた。しかし、どれも解決に至るどころか余計遠のいていくように感じるものばかりだった。

困り果てた私が最終的に辿り着いたのがなぜか阿南だったのだ。顔のシミを見て「自分では対処できないが、いい人がいる」と言ったある霊能者が、代わりにと言って阿南を紹介してくれたのだ。

言われるがまま、阿南という男に会ってみて私は面食らった。

容姿はラガーマン然とした屈強な巨軀《きょく》なのに、それを余計いかつく見せるスーツ姿。それどころか霊感も全くなく、霊能とは無関係としか思えない金融屋。限りなくグレーな香りがする怪しさ全開の男だった。

『お察しかと思いますが、私は霊能者や祓《はら》い屋の類《たぐい》ではありません。「追い詰められた人間」だけが運よく私の下に辿り着けるのです。私はクライアントの相談を受け、適格な人材を紹介する【霊能者仲買人《ブローカー》】。なにも訊かず、私に従うことをお勧めします』

いくらなんでも怪しすぎるし危なすぎる。それまでの私ならこんなに胡散臭《うさんくさ》い男の言うことを真に受けることはなかっただろう。

だが私は藁《わら》にも縋《すが》る思いだった。それで雨を紹介してもらった、それが経緯だ。

「事情はわかりました。やけど阿南からはなんも聞いてへんのですわ。君が押し付けられた穢《けが》れのことはようわかったけども、それで僕にどうしろっちゅうんか」

ちょっと待って、とアビーはスマホを取りだし阿南に確認するからと電話をかける。

「あー僕や。安孫子やけども、せや。自分な、こっちゃなんも聞いとらんで！　は？　なにしらばっくれとん！　今、僕んとこに……」

そこで言葉を詰まらせ、スマホから耳を離して「君、名前聞いてへんかったね」と訊いてきた。

「るるの『る』はるんるん、いっぱい食べ『る』、みんな愛して――」

「そういうんええから、はよ」

「瑠璃丘類依です」

「そう、今僕んとこに瑠璃丘るんるんって、オイ！　おま、マジか！　切りよったぞこいつ！」

ひとり憤慨《ふんがい》するアビーは再び阿南にコールしたが、着信拒否をされたようだ。

「あのボケェ！」

また店の注目を浴びる。

「毎回毎回、アレは僕らの扱いが雑すぎんねん！　何回言うたらわかんねやあのカスは！　だから話も通さんでいきなり本題がきてもわからんやろ。な、せやろ？　結果どないなんねん。ほら、僕も君も途方にくれるっちゅうこっちゃ。そもそもな、僕らみたいな仕事しとるところに客をよこすとか頭おかしいで！　あー怒った！　僕はキレたよ？　ほんまあいつ、こっちが大阪からでられやんのわかっててやっとんや。それならそうで僕かて考えが——」

「アビーさん……」

「なんやねんな！　今阿南に今年一番えぐい呪詛飛ばしとんねん、邪魔しな！　乳首肥大化しろ乳首肥大化しろ……」

そうじゃなくて、と言おうとしたところでアビーは背後の気配に気づいた。

「あ、あらー……」

「アビー、騒がしくすなっちゅうたな。次は通報っちゅうたけど、お前が騒いでどないすんねん」

「ここはひとつ穏便に謝ろうと――」

「でていけアホ！」

「カニクリームコロッケ最高でしたー！」

私たちはふたりそろって追いだされてしまった。

其の二　アビーの仕事

1

世の中には『なぜそうなる？』ということがある。

今の私がまさにそうだった――。

「じゃあ、あとはよろしゅう」

そう言い残してアビーは仕事にでかけた。たぶんパチンコだ。そして私は店のカウンターにいる。

奥の階段を下りてくる気配があった。振り返らなくてもわかる、あの男だ。

「おはよー肉女《リブ》……あ、もう開店してんの。精がでますなあ」

「やめてよ、ほんとムカツク」

「あー傷つくその言い方。その言い方傷つく」

そう言ってゲイルはケハケハと笑った。今こそワロを使えよ。

彼……昨日までアビゲイルだと思っていたノルウェー人の名前はゲイルというらしい。

豹女が言っていたアビゲイルというのはアビーとゲイルのことだった。そのことを知らず私はマンションにひとり現れたゲイルのことをアビゲイルだと勘違いしたのだ。

「ってか、俺らのことアビゲイルなんてダッセー名前で呼んでるのパンサーだけだけど」

豹女はパンサーと呼ばれているらしい。なんでも常連客とのこと。

「じゃあ、引き続き店番頼むよ、リブ」

「肉の部位みたいに言うな」

ゲイルはなぜか私をリブと呼ぶ。「るる」と音が似ているからだという。似ていないし、リブロース肉のことだという理由も納得できない。

昨日、アビーが私をAVソムリエの客として接したのはゲイルの仕業だった。私をパチンコ店に向かわせておいて、電話でそう偽ったのだとあとで知った。そのせいでアビーは私を若いスキモノの女として接し、見たくもないごにょごにょ。

腹いせに敬語を使うことを早々にやめてやった。

「店番って言ったって、なにすればいいかわかんない」

「客きたら応対すんだよ。そういうの得意だろ？　食いしん坊担当だし」

「関係ないし！」

そして私はなぜかアビーから店番を押し付けられている。ひとまず阿南が私をここによこした理由がわからないので帰すことはできないというのと、今人手が足りないということ、そして部屋もちょうどひと部屋余っているからお得、という理由だった。あと、私は食いしん坊ではなくごちそう担当だ。

『ここはたまに夜だけ開けてるバーやから、バーが営業外の時は間借りさせてもうてますねん』とアビー。それはいいが、私が店番をすることで完全にゲイルが余っているような気がする。

「ぼく、寝ないとだめなの」

「急にかわいく言っても騙《だま》されないから」

「寝る子は育つ」

それ以上言い返す気にもなれず、溜め息混じりに頬杖《ほおづえ》を突いた。

「なんでそうなるかなー……」

無意識につぶやいていた。

「にゃあ」

どこに隠れていたのか、昨日は私を警戒していた灰トラがすり寄ってきた。私を住人認定したのだろうか、現金なやつだ。

「そいつのそばに行ったら食われちまうぞ、お前の飯はこっちだ」

「ちょっ、誰が……！」

ゲイルの言ったことが通じたかのように灰トラが私の足元から飛び退《との》いた。

その光景がショックすぎて思わず言葉を失う。いくらなんでも猫は食べない。ちゃんと調理されてない限りは！　いやだめだ、猫はだめだろ。どうなってんだ私。

一瞬、灰トラがこちらを振り向いた。敵意に満ちた目だった。

「じょ、冗談だって」

灰トラはぷいっ、とそっぽを向くと身軽にカウンターに飛び乗り、昨日と同じ場所で丸まってこちらを見ている黒猫の前を横切り、ゲイルが用意したエサ皿へ向かった。

「その子、名前なんていうの」

「こいつはスーパーノヴァ」

すごい名前だ。

知らない男の写真入りの卓上カレンダーがあった。そしてその前でくつろいでいる黒猫を見やり、「こっちは？」と訊ねる。

「あ？　ああ……それか。レボさんだよ」

「レボさんにスーパーノヴァ？　面白い名前だね」

「スーパーノヴァはともかくレボさんを面白いって言うなよ。ワロ」

スーパーノヴァよりはマシだがレボさんって名前も充分面白い。でもそれは口にださないでおいた。

金色の目でこちらを見つめる黒猫に、私は微笑みかけた。すると安心したように頭を体に埋めて二度寝としけこむ。

「こいつに飯もやったし、俺はもっかい寝るわ」

「寝るって、今起きたとこでしょ！」

「うっせ、こっちはゲームで忙しいんだよ！　バーカ」

「バカ？　寝ずに朝までゲームするほうがよっぽどバカだし！」

「いいから客きたら起こせ、リブ」

「肉じゃない！」

ケハ、ケハとはしゃぎながら今度こそゲイルは部屋に戻った。もう二度と下りてきてほしくない。

「なんなのアイツ！　アビーといい、ゲイルといい、外見だけよくてあと全部ダメじゃん」

二度目の頬杖を突くと、ガラス窓に映った自分の姿が目に入った。

通行人にいじられることに凝りて、黒一色のコーデはやめた。ここでは黒で統一しただけでいじられるとわかったからだ。着るものに気を使わないでよくなって気楽にはなったが、根本的なことはなにも解決していない。その証拠に、着るものは普通に戻っても、帽子とマスク、サングラスだけはしっかりと装着している私がいた。

「……ゲイルの仕事は霊能関係っぽかったな」

私がなんの店番をさせられているのか定かではなかったが、すくなくとも窓口役であるということだけは理解できた。アビーには『客がきたらどっちに用か訊け』と言われている。つまり、アビーの客ならあの変な仕事。ゲイルならパンサーが持ってきたような案件だということだ。

パンサーと類似した案件ということはつまり、除霊とかお祓い的な案件であることは明白だ。そんな風には一切見えないが、ゲイルはああ見えてすごい腕を持つ除霊師の類なのかもしれない。

そうだとすれば――。

「これを消してくれる……」

左こめかみから右頰へと指を滑らせた。触れているここには真っ黒いシミが、私から未来を奪おうとする災《わざわ》いがある。

阿南はここでなら……いや、ゲイルならこれを消せると確信したから私をよこしたのではないか。今はそう願う他なかった。

ぐう、とお腹《なか》が鳴った。

「そうだった、急に知らないところに泊まることになったから朝ごはんまだだったんだ」

私のひとりごとに食事中のスーパーノヴァが振り返った。その視線の先にはお弁当二個とパスタとパンの残骸《ざんがい》がある。

「なによ。こんなの朝ごはんに入らないでしょ」

それっきりスーパーノヴァは目を合わせてくれなくなった。

昨晩、ゲイルはアビーについて「ワロ」と口走り、語った。

「アビーのバイト……っていうか、件数的には完全にこっちが本業っていってもいいんだけど。あれは、『AVソムリエ』なんだよね」

食べていた晩御飯のカレーとんこつみそバターラーメンを噴きだしそうになった。

「わけわかんないだろ。マジワロス。アビーってあのナリで趣味が『パチンコとAV』なんだぜ」

「パチ……AVって」

「ドン引きだろ。でもこんなの聞いたらあの変態と一緒の屋根の下で生活なんて大丈夫かって心配になるだろうけど、それは大丈夫だから」

「年上にしか興味ない……とか」

「違うよ。あいつ、食わず嫌いなんてないから。なんでもイケル。下は十代から上は八十まで。AVならなんでもいいんだ。AVへの愛の深さが半端《はんぱ》ない。けどそういうことじゃない。アビーは『生身の女』には興味がないからね」

「AVだって生身じゃないですか！」

「ああ、言い方悪かった？　じゃあ、『実物の女』って言っとくか。ワロ」

ワロ、じゃないって。

生身の人間が、男女が撮影されてなりたっている。シチュエーションは嘘であっても演じている人間は生き物なのだ。それをさしおいて『実物に興味がない』とは理解不能だ。

むしろそれで安心しろと言われて安心できるという女性はこの世に存在しない。スマホの緊急通話の方法を繰り返し頭に叩き込む。

とにかくまだここへきて一日しか経《た》っていない。東京に帰らなければいけないような用事もない。

アビーは少しの間ここに留《とど》まるよう私に言った。

「あー……そうだ」

「わっ」

突然ゲイルが戻ってきて階段から覗き込んだ。

「なによ、心臓に悪い！」

「あのさ、オマエ昨日パンサーの物件行ってたじゃん」

「物件……あのマンションのことだよね」

「そう。俺が行くまでにオマエ、なんかした？」

「なんかってなに？　話が見えないけど」

ゲイルはなにか言いかけたが、あくびに見せかけて中断した。……ように見える。

なにが言いたかったのか問い詰めようとしたところで、先に声をだしたのはゲイルのほうだった。

「アビー、もうすぐ帰ってくると思うよ。今日はダメな日だ」

「ダメな日？」

「パチンコ。俺さ、アビーが負ける日がわかるんだ」

「そんなバカな。わかるわけない」

「見てな。吠《ほ》え面《づら》かくぜ」

ゲイルは不敵に笑い、再び二階へ消えた。

「ゲイル！」

それにしても趣味がパチンコ。ただ単に遊んでいただけとは。

昼間っからパチンコ……訪ねてきた客にＡＶの斡旋《あっせん》……。

「うーん」

典型的なダメ人間の生活というやつじゃないのか？　本当によかったのかと自問する。

外見と趣味嗜好《しこう》がどうにも一致しない。

普段はふわふわとした笑みを浮かべている犬のような印象だが、真面目《まじめ》な顔をしているときは意外と目鼻立ちがくっきりとして凛々《りり》しい。

私も色々なイケメンタレントたちを見てきた。それらと並べても遜色《そんしょく》がない。

ゲイルよりもアビーの歳《とし》が読めない。ここまで年齢が透けてこないのも珍しい。老《ふ》けているのか若いのか、どっちだ。

「あっ」

ドアが静かに開き、アビーが帰ってきた。なぜか顔は真顔だ。

「おかえりなさい……」

「おん」

おん？　おんってなんだ。

「どうかしたんですか、昨日と感じが違うというか」

「え、一緒やけど。っちゅうか、昨日とちゃうとかそない僕のことじろじろ見てはるん？」

なんかくどくどと食って掛かってきた。やはりなにか違う。

「い、いいえ。そんなことはないんですけど」

「そんなことないんやったら言わんといて欲しいな」

「なんか怒ってます？」

「怒ってへんし。もし怒ってるんやとしたら、怒ってないのに『怒ってる？』とか言われたからかもな！」

あきらかにアビーは苛立った空気を撒《ま》き散らし、ひとつひとつの所作がいつもよりも雑で乱暴だった。そして、コンビニ弁当の残骸を見つけると鬼の形相で指を差した。

「あー、またぁめっちゃ食うてる！　食いすぎやろ！」

「食べすぎじゃありません！　朝飯前です！」

「え……朝飯前？　朝飯やなくて？　え？」

一瞬、戸惑った顔をした。

すぐに怒りを取り戻したアビーは冷蔵庫から瓶《びん》ビールを取りだし、勢いのまま栓を抜くと喉を鳴らして飲み始めた。

「あっ！　店のもの飲んじゃいけないんだあ！」

自分のもの以外の飲み物は勝手に飲んではだめだと言われていた。いいのは牛乳とコーヒーだけ。アルコール類は特に禁じられている。

「君が飲んだことにしといたらええやないか」

「はっ？　私、未成年なんですけど！」

ジャイアンみたいなことを言っている。どんな傍若無人《ぼうじゃくぶじん》さだ。

「未成年やと？　ほんまかいな……芸能人はすぐサバ読みよるからな。実際もっといってんちゃうの」

かちーん
「なんなんですかその言いがかり！　大体、あなたに頼まれて留まってるんですけど！」

「リブ、リブロース！」

その声に振り返ると階段の隅《すみ》から手招きするゲイルの姿があった。ロースに格上げ（？）した。

私を無視してビールに喉を鳴らすアビーを尻目にゲイルに近づく。

「あれ、なんなの？　あんなの八つ当たりでしょ！」

「言ったろ。アビーは負けて帰ってくるって」

あっ、思わず口が開いた。

「ええっ、そういうことなの、あれ！」

「大阪の博徒なんてみんなああだって。勝てばよいよい負ければ怖いってね」

「偏見でしょ、それ」

「少なくとも俺が知ってる〈自称〉ギャンブラーはみんなああだ。ワロ」

しかし、だからといってやけっぱちで店の飲んではいけないものを飲んでしまっては全く自制の利かない、みっともない大人だ。

「当たったろ？　俺のアビー負けセンサーは絶対だからな」

「冗談。あんなのただの迷惑者じゃん！　っていうか負けるのわかってるなら教えてあげれば？」

私の提案にゲイルは口角を片方だけ上げた。

「ギャンブラーってのは負けてなんぼなんだろ？　ワロ」

「わざと？　性格悪う……」

「だって悪いのは自分。負けるリスクをわかってて行ってるんだし、知ったこっちゃない」

おお、ド正論。さすがあの男にしてこの男。

「まあ、でもここまでにしとくか」

ゲイルはそう言って立ち上がり、アビーを呼んだ。

触らぬ神に祟りなし、を説いたばかりなのにゲイルは真逆の行動をとった。咄嗟に陰に隠れる。

「なんやねん、負け犬を笑うつもりか。ええで、笑え笑え。啼《な》けば笑えるか？　きゃんきゃんきゃ――」

「あ、いらっしゃいませ!」

不意にドアが開いたのに気づいたのは私だけだった。出迎えの挨拶にふたりが同時に振り向く。

「なんや今日はえろうにぎやかにしてまんな」

ドアを開けた人影はアビーよりも粘《ねば》ついた訛りで静かにつぶやいた。シロクマのプリントがされたパーカーを着込んだ老女が立っていた。

アビーの表情が一瞬、強張った。ゲイルも露骨に面倒そうな表情を浮かべた。

「あれ、お客様……ですよね?」

ふたりの反応を見て不安になった。

「依頼や。一緒にきい、るる」

店をでる間際、スーパーノヴァがにゃあん、と鳴いた。

2

「おけいはん民は北摂《ほくせつ》方面行くのが不便でかなんわ」

アビーが顔をしかめてつぶやいた。

「どこへ行くんですか」

「茨木《いばらき》やね」

「茨城《いばらき》？　今からですか！　そうならそうって言ってくださいよ、それなら東京に帰る荷物……」

「それは納豆と黄門《こうもん》さまのユートピアのほうな。大阪の茨木や」

「あ……なあんだ」

流れる車窓の景色に目を移す。

改めてここは知らない場所なのだと思い知る。

ガラスに映っている執拗《しつよう》に顔を隠している女。それが自分だと気づくまで少し間があった。二年経っても未《いま》だに慣れていない。素顔を見るのはもっと慣れない。

今の私は何者でもない。一般人でもアイドルでも。一刻も早くあのステージに戻らなければ、それこそ塵《ちり》となって消えてしまう。

ファンたちが待っている。

『るるの代わりはいくらでもいる』

ハイレゾの切り捨てるような口調と、冷たい目で見下ろす莉歩やメンバーたちの姿が脳裏に浮かんだ。

だめだ、考えるな！　そんなこと言われていないし、思われてもいない！

拳《こぶし》を強く握り、歯を食いしばった。精神力で邪念を押さえつける。

きっと私を待っている人たちがいる。その人たちのために、私は何年かかってもあの場所へ戻るんだ。こんなところでぼんやりしていては――

『ご乗車ありがとうございました。茨木、茨木です』

「るる、降りるで」

アビーが呼ぶ声にハッと我に返った。

「待って」

ホームに降りた拍子にバランスを崩してしまい、体がよろける。そばにいたゲイルはそれを避《よ》けた。

「わっ」

よろけたままホームの柱に体がぶつかり、よりかかった。なんとか転ばずに済んだが、ゲイルに対し怒りが湧く。

「避けることないでしょ」

怒り、というよりむしろ悲しかった。汚いものを避けるような、そんな避けかただった。

「俺に触るな」

「は?」

「それだけ。ワロ」

全然、ワロな状況じゃない。アビーはにこやかに「まあまあ」と言って私の肩を支えてくれた。AVソムリエという意味不明の肩書の男に支えられ、消化不良のまま足元を直した。

「ホワイトベアクロウの話やと、あそこにご依頼人がおるみたいですわ」

「長くないですか、その名前」

長いな、と認めた上でアビーは、それでもホワイトベアクロウという呼び方を止めなかった。つまり店にきた老女のニックネームらしい。着ている服にプリントされた動物で呼ぶのは面白すぎるが、それが定着するほどいつも同じ服を着ているのだろうか。

ホワイトベアクロウはアビゲイルが所属するなにかの組合から派遣されてきたらしく、彼女が直接持ってきた依頼はふたりで担当するという。

私に聞こえないよう、アビゲイルはホワイトベアクロウから簡単に内容を聞き足早にここまでやってきた。ついてきたはいいが、私はなにをすればいいのかまったくわかっていないのが本音だ。

ウェイトレスに案内されたテーブルにはぽつんとひとり、スーツ姿の男が座っていた。灰をかぶったようなグレーのスーツ姿の男はどこか陰鬱《いんうつ》なムードを背負っていた。私たちに気付くと立ち上がることもなく、眼鏡越しに眼窩《がんか》がくぼんだギョロ目でこちらに一瞥《いちべつ》をくれただけだった。

「太野《おおの》さんですか」

「はい。山嵜《やまざき》さんのご紹介の方でしょうか……」

そうです、とアビーは柔らかい笑みで私たちを簡単に紹介した。

「えらいお困りやとうかがってますが」

太野の顔色は生気をほとんど感じないくらい真っ白だった。それなのに目の下には真っ黒なクマができていて、彫りの深い顔立ちのせいでよけい際立ってみえる。白い貌に目が黒とくればパンダか髑髏《どくろ》だ。

アビーが質問したにもかかわらず、太野はなかなか語ろうとしない。アビーは急かすこともなく忍耐強く太野からの言葉を待った。

「君ら、隣のテーブルに行っとき。そのほうが話しやすいかわからんし」

数分したところで指示してきた。

オッケー、とゲイルはすかさず隣のテーブルに移る。慌てて私も倣《なら》った。

「なんか頼んでいい？」

アビーは黙ってうなずく。ゲイルはウェイトレスを呼んだ。

「るるは？」

「私は……」

メニューの写真を指差す。

「これと、あとこれ、あ、このバゲットも美味しそう。三つください」

それと……と次の写真を指差したところで腕を摑《つか》まれる。

「るる。ごはんは適度な量がええよ」

アビーは満面の笑みで語りかけてきた。一体いつの間に私の隣にきたのだ。

太野と根競《こんくら》べをしなければならないのに、こっちを気に掛けるなんて結構余裕だな、と思った。

「あ、そうですよね。じゃあ、すみません。バゲットをなしにして、蟹《かに》グラタンのココット&ハンバーグとロイヤルオムライスください」

「やめたまえ！　やめたまえよ君！」

「え、だって適度な量に」

「あれっ、ギャル曽根《そね》？」

勝手に二品もキャンセルされ、話が違うと私は拗《す》ねた。

「あのさリブ」

「それ肉。私るる」

「オマエのそれ」

ゲイルがこちらを指差し、その指で自分のこめかみを突《つつ》く。シミのことを言っている。

「これが……なに」

「前から気になってたんだけどそれさ、呪いだと思ってないか」

心臓が鷲摑《わしづか》みにされ、胸が縮み上がった。

「呪い？　そ、そんなの……」

「パンサーの時からおかしいとは思ってたけどな。それは呪いじゃねえぞ。俺らじゃどうにもなんねえ」

「えっ、そんな！」

呪いじゃない？

「だ、だったらこれはなに？　病気？　怪我《けが》とか、アレルギーとか？　全部調べたもん！」

「そうじゃなくて、うーん……なんつったらいいかな」

「言ってよ！」

「悪いな。まだハッキリしない、っていうのが正直なところだ」

「わからないってこと？　そんなの……他の人たちと一緒じゃん。みんなハッキリと呪いとは言わなかった」

「だったらなんで呪いだって思ったんだ、むしろ」

ゲイルのその問いには答えたくなかった。唇を噛み、私は黙ってうなずく。

「心当たりがある。とかそんなところだろ」

「違う」

違わない。でも、莉歩を疑っているだなんて事実……誰にも知られたくない。友達を疑っているなんて、アイドル失格だ。

「わからないのに、なんでそんなことわざわざ言うの」

「まだハッキリしないっつったろ。そう教えといてやらねえと、オマエいつのまにか帰るだろ」

「当たり前じゃん！　家に帰って悪い？」

「悪くねえけど、今は悪い」

「わけわかんない」

「そんなことよりオムライスきたぞ」

思わず振り返り「わっ」と声がでた。しまった、と思いすぐに姿勢を戻すがすでにお寿《す》司《し》、いや遅し。ゲイルはおかしそうに笑いをこらえている。

「シリアスなのが続かないのな、オマエ。おもしれー、ワロ」

さすがに怒鳴ってやろうかと思ったがデミグラスソースの香りが私を鎮めた。この世で最も効く鎮静剤として発表すればビル・ゲイツ超えも夢じゃない。


「かなんな」

いつの間にか太野はいなくなっていて、アビーはテーブルに突っ伏してひとりごちる。

「厄霊《やくりょう》？」

「せや、間違いないわ」

「マジか。やりたくねえなー」

ゲイルが弱音を吐く。ふたりはわかりやすく滅入っている様子だった。昨日今日の付き合いではあるが、なんだか似合わない空気だ。

「写真は？」

「ほれ」

アビーは数枚の写真をゲイルに手渡す。

「あー……これはこれはワロス」

ふたりのやりとりを見守る。ヤバい、ハンバーグ美味しい。

ふたりは遠回しの不満ばかりを繰り返し吐きあっていた。相当気が進まない仕事らしい。

口からでるのは「面倒だ」、「できればやりたくない」、「気が滅入る」といったものばかりだ。

ちょっと待って。

アビーの仕事はAVとパチンコ。ゲイルは祓い屋だとして、それとは別の、ふたりでやる仕事があるのだろうか。

「お祓い屋さんと変態屋さんですよね？」

ふたりは同時に私の顔を見た。そして互いに顔を見合わせる。ふたりがふたりとも『変態屋さんはそっちだよね』という顔をしていた。

「厄裁師《やくさいし》」

深呼吸をしてアビーはひとこと、そう発した。

「え……薬剤師？」

「【厄裁師】や。それが僕の『本業』の名前。聞いたことないやろ」

アビーはそう言うと私の手前に写真を置いた。ホワイトベアクロウに渡されたものだ。

「見てみ」

私は写真を手にする。そして、一枚ずつそれを見た。

なんの変哲もない新築一軒家。

どこにでもいる家族の姿。

景観を重視した同じ屋根が建ち並ぶ一帯。

どれもなんのことはない、普通の風景写真だ。強いて言うならばどの写真にも飼い猫らしき黒猫が写っていることくらいだ。

「これがなんなんですか」

「それ見てなんか思う？」

「いえ別に……。だって、みんな普通の写真じゃないですか」

「それ見て『うわっヤッバ！』ってなるやつが厄裁師や」

「説明になってませんけど」

「人様にゃ自慢でけん仕事や。一緒におったらすぐにわかるわ」

アビーはじっと私を見つめた。目を合わせるだけで息が詰まるような迫力がある。いつものふざけている調子とはまるで別人だ。

「るる。僕には君がここにきた理由を知る義務があんねん。わからんことだらけで気に入らんこともようけあると思う。せやけどしばらくは僕らに預けてくれへんか」

「そうしたら、なにか私の解決になりますか」

五分五分やな、そう言うとアビーは笑って席を立った。

3

駅から離れた小高い丘の住宅地に私たちはやってきた。

綺麗に整備された景色に、同じ色、同じ形の家々が建ち並ぶ。見るからに新規開発されたとわかる。

「住民が暮らし始めたのはちょうど去年の今頃くらいからみたいだな。今流行《はや》りの丘陵上に開発された景観を重要視した住宅群さ。開発される前はゴルフ練習場だったけど、五年も経たないうちに潰れた。一見好条件の立地なのにどういうわけか客足に恵まれなかったんだとさ。んで買い手もつかず廃墟《はいきょ》状態。ネットで調べれば写真付きで簡単にヒットする」

ほれ、とゲイルがタブレットを差しだす。面白くなさそうな顔でアビーが受け取った。

「ゴルフ練習場の前は？」

「ただの小高い山。昔の人らはこんな麓《ふもと》の住みにくいところで生活しないっしょ。現代人はおろかしいね。ワロ」

「でも、諸々《もろもろ》の条件をクリアしたから開発に至ったんでしょ。見た感じそんなに悪いところには思えないけどなあ」

私の意見にアビーは「せやね」と簡単に答えた。ゲイルは「表向きはどこだってそういう風にしてんだよ」と含ませ気味に言った。

「心理的瑕疵《しんりてきかし》ありって言葉が不動産業界にはあるんやけどね」

「カシ……ですか？　お菓子ですか」

「とりあえず食いもんから離れよか。瑕疵っちゅう言葉は『キズ』とか『欠点』いう意味があるんよ。心理的やからまあ『精神的にキツイ』っちゅうこっちゃな。つまり気持ちの上での欠陥、最近はもっとわかりやすい言い方で流行っとるよね。いわゆる『事故物件』とか」

「前の住人がなんらかの理由で死んじゃったとか、そういうのですよね。なんだか芸人さんとかがそれで注目されてたりとか」

「せやね。でも心理的瑕疵ありの物件っていうのはなにもそれだけやあらへん。近隣に不動産用語で言うところの『嫌悪施設』があるっちゅうのも含まれる。例えば葬儀場とかゴミ処理場、騒がしい施設とか」

「あとパチンコ屋」

「それはないわ。パチンコは紳士淑女の遊び場やし、ないない！　まあ、とにかく割と幅広い意味の言葉やねんけどね、この辺はもろ『心理的瑕疵マシマシ』っちゅうわけや」

アビーの話を受け、辺りを見渡す。同じデザインの家。それ以外にこれといった印象はない。

「歩くで」

心霊スポットに漂う特有の薄気味悪さとか、治安の悪さなどとは無縁の場所としか思えない。

まっさらで綺麗な家々。外灯やゴミ収集場でさえデザイナーのこだわりが透けて見える。この一帯のどこがアビーの言う『心理的瑕疵』なのだろうか。

「ゲイルがさっき言うてたよね。ここが開発される前に潰れたゴルフ練習場があったって。そこは五年も保《も》たんかった上に長い間放置されとった。そういうもんに理由がないゆうことはそうそうあらへん」

アビーが一帯を指差す。

「ここはね、土地が悪い。見てみ、分譲で売りにだされて丸一年経つのに入居者が少なすぎる」

そう言われて改めて家々を見た。確かに表札にプレートが入っていない家が目立つ。これが『=未入居』という構図なのだとしたら、パッと見ただけでも半分以上は空き家だ。

「本当だ……気づかなかった」

「心理的瑕疵っちゅうのは『見えない瑕疵要素』を総じて言うんやけど、それで言うならここも立派な心理的瑕疵地帯。夥《おびただ》しい人の死と嫌悪施設ならぬ嫌悪記憶のおまけつきや」

「ゴルフ練習場を建設している時に事故で現場作業員がひとり死んでいる。営業がはじまってからもちょくちょく客や従業員に怪我人がでてたらしい。それも結構大きいやつ」

「営業中に死人でてないんは作業員の死で少し落ち着いてたからやろうね。しばらくここが廃墟状態で放置されてたんは正解。なんらかの施設とかになってたら、また人が死んどった」

「土地が悪いって……そう簡単に人が死ぬわけないですよ」

アビーが一瞬、笑ったような気がした。

「アビー、あれだあれ。太野家」

ゲイルが指を差した先に、確かに写真に写っていた家があった。カーテンと、子供用のペダルのない黄色い自転車が写真と同じだ。違うのは黒猫がいないことくらいか。

家の前で小さな女の子がひとりレジャーシートの上で小さなキッチンをこしらえ、人形相手に料理を作っていた。

アビーは女の子に向けすたすたと近寄ってゆく。

「すんませーん、オムライスありますかー?」

「オムライス、ないなー。スパゲッチーのバナナの味やったらあります」

なにその魅力的な組み合わせ。パスタにバナナ……食べたい。

「スパゲッチーのバナナ味って、おいしい?」

「おいしいです!」

「じゃあ、それひとつ」

「はーい」

アビーはにこやかに話しかけ、女の子は警戒することもなく喜んでままごとの料理をする。やがてちいさな皿にブロックやプラスチックの宝石を載せ、アビーに差しだした。

「どうぞー」

「おお、めっちゃええ匂いやん。あむあむ、うん、うまいー！」

「でしょー、ふふ」

「お嬢、お料理上手やねえ。こんだけおいしいんやったら、もっとぎょうさんのお客さんに食べてもらわんとあかんのちゃう？　せや、おっちゃんええこと考えた！　お母さん呼んできてみんなでパーティーせえへん？」

「やる！」

「じゃあ、お母さん呼んできて」

わかったー、と女児は小さな足をばたつかせ、玄関の奥に向かって「ママー！」と叫んだ。

「なんか、めっちゃ慣れてるね」

ニコニコして手を振るアビーの後ろでゲイルに耳打ちする。

「そりゃアビーはバツイチだから。小学生の子供もいるし」

「そうなんだ。だから慣れて……」

ええっ！

「な、なんやねんな！　急にそばで大きな声だしな！」

「すすす、すいません」

あまりの衝撃に大声をあげてしまった。あの外見でバツイチ子持ち？

「ほ、本当に？　え？　ちょっと処理しきれないんだけど」

「さあ、どっちかな～。ワロ」

「ちょっとふざけないでよ！　……え、どっち？」

「君らうるさいねん！　ここどこやと思っとん！」

すかさずすみません、と肩をすくめた。ゲイルは嬉しそうにこちらを見ている。シバイタロカ。

家の奥からパタパタとスリッパの音がする。キャッキャッとはしゃぐ女の子の声と、

「はいはい」と呆れながら付き合う母親の声が近づいてきた。

「しえのスパゲッチーな、いっぱいおいしいって食べてくれるねん！」

「なんやの？　またタケルくんに遊んでもろたん？　もう……え？」

母親は玄関先まででてきてようやくアビーと私たちの姿を認めた。足元にいる黒猫が見つめている。

店《SAD》にいるレボさんと似てる――。

その瞬間、異臭が鼻を突き思わず顔をしかめる。

――うわ、お酒臭い……！

母親から漂ってきているのだろうか。まさかこんな明るいうちから？　子供もいるのに。そう思いつつ顔にでないよう努める。

「どちらさまですか」

わかりやすく戸惑いを見せる母親にアビーは「どうも」とあいさつした。

「お騒がせして申し訳ないです。先日、お伺いしました山嵜から紹介いただきました安孫子と申します」

アビーがそのようにあいさつすると女は合点《がてん》がいったように「あー！」と声を上げる。

「お待ちしてました。けど、こんなに急にきはるんですね」

「急？　ご主人にはお報《しら》せしていたかと思いますが。さきほどもお会いして確認したのですが」

「ああ、あの人は頼りにならんのよ……」

「出直しましょうか？」

「いえ、どうぞ。散らかってて恥ずかしいですけど」

うちよりはマシですよ、と冗談を飛ばしながらアビーは招かれるまま家に上がり込む。

「君らも上がらしてもらい」

「あ、はい……おじゃまします」

ふと見ると黒猫の姿はなかった。

太野家は太野和徳《かずのり》、妻の絵里《えり》、娘のしえの三人家族。家の中は確かに散らかっていた。通る場所場所に衣服やしえの玩具《おもちゃ》などが散乱している。

「新築ですか？」

「ええ、無理して買ったんです。新しくて予算内だったので。その代わり交通の利便性を犠牲にしました。お恥ずかしいです」

「そんなことないですよ」

アビーは丁寧に返しながら家の中を観察して回った。三和土《たたき》を上がった廊下、二階へつづく階段、リビング、キッチン、庭――。

私とゲイルはそれに黙ってついて歩く。ゲイルは淡々としているが、私は落ち着かなかった。

「山寄が伺った際にもお聞きしたかと思います。繰り返しで心苦しいですが、いま一度この家の怪異についてお話しいただいてもよろしいですか」

「あの人から聞いたんでしょう」

「それが……どうも御主人は随分とお疲れのようでして。話を聞くには聞いたのですが、支離滅裂だったりして要領を得ませんでして」

絵里はため息を吐《つ》く。また酒の臭《にお》いがした。

「しえ、ちょっと外で遊んどき」

「カフェやっててええ？」

「ええよ。ママはちょっとこのお兄さんとお話しするから、なんかあったらすぐ叫びや」

しえは、わかったー、と元気よく答え玄関に向かう。

なにかあったらすぐ叫ぶ……って、どういうことだろ。小さな違和感を覚えた。

「お姉ちゃんも一緒に遊ぼーや」

「わ、私？」

しえは嬉しそうにうなずき、私の手をくいくい、と引いた。

「こら、しえ！　迷惑かけたらあかんでしょ」

「えー、ひとりで遊ぶん飽きたー！　このお姉ちゃんとカフェやるー」

絵里が一層強く「あかん！」と言い聞かせると、しえは目に涙をいっぱい溜め、「だってぇ……」と鼻声になった。

「いいんですよ！　しえちゃん、遊ぼっか」

「ええんです。うちの子がごんた（わがまま）言うてるだけやし……」

「ほんと気にしないでください。私がいてもあんまり変わらないので。ね、一緒にカフェごっこしよ」

本音は気になっている。が、怪異の経緯はそれほど重要ではない。

それこそあとからでもアビーに聞ける話だ。大事なのはアビーたちの仕事の内容。ここでしえの相手をしても問題はないはずだった。

「あとで教えてください」

アビーはうなずいた。

「行こっか」

しえと手を繋《つな》いだ時、長袖《ながそで》から覗く細い手首に紫色の痣があるのが目に入った。

「あ、これ……」

私がなにか言おうとすると慌ててしえは反対の手をだした。

「行こ！」

「え、うん……」

少しの違和感を抱《かか》えながら、私たちは外にでた。

パァーン
しえがお手製のカフェで三品目の料理を仕上げた時だ。

車のクラクションが遠くから聞こえた。

音がした方を向くと車道の先から一台のトラックが走ってくるのが見える。あのシルエットは宅配会社のトラックだ。

ここはどこも景色が同じだから住所探すの大変だろうな。

家の前の車道に面した歩道に開いたカフェから、近づいてくるトラックの運転手に同情した。

「はい、お姉ちゃん。ゴリゴリバーガーができましたよ」

ありがとう、と笑い、受け取る。その拍子にズボンの裾の隙間からしえの足が覗いた。痣がある。手首にあったのと同じだ。

「召し上がれ」

「すみません、ゴリゴリバーガーと一緒に頼んだエビアボカドポルナレフチキンと皮つき丸揚げポテトと酒粕《さけかす》シェイクのＬはまだですか」

「全部うりきれです」

「そうですかー」

酒臭い母親と体のあちこちに痣がある小さな娘。厭な予感が湧き上がるけれど、私は悟られないよう努めた。

いただきまーす、と口を開けゴリゴリバーガーと名付けられたおもちゃを食べるふりをする。

パァーン

もう一度、クラクションが鳴り響く。

──あれ、なんかおかしくない……？

トラックは猛スピードで迫ってくる。こんな住宅地でだす速度ではない。

「あぶない！」

トラックが突進してきた。咄嗟にしえを抱きかかえて横に跳んだ。

ギャリギャリッ、とカフェと料理たちを踏み潰してトラックはタイヤを焦《こ》がす。まるで怪鳥が啼くような甲高《かんだか》い音を立てながら、地面にタイヤ痕を残し煙を上げ三十メートルほど滑って、止まった。

「あっ……はっあっ……」

極度の興奮と緊張で声がでない。開き切った瞳孔《どうこう》で一点だけを見つめたまま私は内側から響く自らの鼓動を聴いていた。

「なんや今の音!」

家の中からアビーとゲイルが飛びだしてきた。

「アビー、あのトラック!」

タイヤ痕を残し、道路と不均衡に止まっているトラックを指さしてゲイルは叫ぶ。

私はそれを他人事《ひとごと》のようにただ聞き流していた。

「るる、どこや、るる!」

「アビー、こっちだ!」

ゲイルの声と同時に「しぇ!」と悲鳴にも似た絵里の叫び声が響く。

「おい、るる! 大丈夫か、怪我は!」

「あ……あ……」

「ショックで喋られへんのか、わかった。ちょうそこにおり」

抱きかかえられ、腕の中から体温が抜ける。

「ママー」

「しえ、大丈夫なん？　痛いところは？　よかったあ……」

ああ、腕の中から抜けていった体温はしえだったのか。

「ここにおったんか、危機一髪やったね。無事でよかったわ」

アビーは踏み潰されたおもちゃのカフェセットと走り抜けたタイヤ痕を見ながらつぶやく。

次第に私の中にも血の気が戻ってくる感覚がする。心臓の音が遠のき、代わりに心臓から熱が全身に巡るようだ。その熱はほどなくして目から噴きだした。

「し、死ぬかと思った……」

「生きとるよ。君が救ったんや」

絵里が泣きながらありがとうと礼を繰り返している。私も泣きながら、いいんです、いいんです、と繰り返していた。

「お姉ちゃん」

涙でぼやける視界にしえがいた。へたり込み泣きじゃくる私の頰に触れ、「お礼にお料理作ってあげるね」と笑った。頰に触れた小さな手に自分の手を重ね、私も笑った。

「ありがとう」

しえは私の頭をぽんぽんと撫《な》でてくれたあと絵里のもとへ戻り、ようやく私も落ち着きを取り戻した。

「トラックの運転手連れてきた。謝りたいって」

そう言ってゲイルが連れてきた青いユニフォームの配達員は服よりも青ざめた顔で、めり込むほど深く頭を下げ謝罪した。

一歩間違えば死人がでていたような出来事なのにもかかわらず、アビーや絵里はなぜか配達員を強く責めることはしなかった。幸い、事故を起こしたわけではなかったのでその謝罪で不問とした。

「よかったんですか、あれで」

今にも泣きだしそうな顔で平謝りしながら、トラックに乗り込むのを見送る。アビーは鼻で小さな溜め息を吐き、ええんよ、と答える。

「でも……」

「るる、君はあの運転手にめっちゃ怒っとるやろ」

「そりゃそうですよ！　だって、あの時しえちゃんがひとりだったら大変なことになってたかもしれないんですよ！」

「せやね。でもその割にここの奥さん、あの運転手に対して騒がんかったと思わへん？」

それは今まさに不思議に思っていたことだった。だがそれ自体になんらかの理由があるのだろうか。

「こういうのは初めてやない、いうことやね」

「初めてじゃない？」

ふと振り返り、絵里の様子を盗み見た。しえを抱き締めて泣いているがそれ以上に取り乱す様子はない。

だからといって、あわや大事故……。慣れる慣れないの問題ではない。

私は思ったことを素直に吐露した。

「君の言う通りや。やけど、ここの家はそういうのんが日常茶飯事やねん。それとあのおチビちゃん、あちこちに痣あったやろ。長袖長ズボンで目立たんようにしてたけどな」

「虐《ぎゃく》た……」

咄嗟にアビーが唇に指を立てる。手首と足の痣……心当たりがあった。

「あかん、ここでそれ以上言いな。それを疑うような素振りもあかんで。ええね？」

うなずきながら、玄関にでてきたときの酒臭さと袖から見えた紫色の痣を思いだしていた。そんな、かわいそうなことがあっていいわけがない。それは言葉にならなかった。酒で緊張感と不安をごまかしていたのかもしれない。もしもそうなら恐ろしい。

「土地が悪いって言ってましたよね。この辺の人はみんな、こんな目に遭ってるんですか」

「ちゃう。確かにここの土地はようない。住むには適さへんし、今後も色々問題が噴出するやろう。せやけど一度土壌として造ってもうた生活圏は、どんだけ悪くとも数十年は保つもんや。この先二十年くらいはなんやかんやありながらもここがなくなるっちゅうことはないやろ。やけどな、この家だけは別」

「別……って」

「そろそろ落ち着いた頃やろうし、話聞こか」

アビーは絵里に向かい合い、この家に起こった怪異について訊ねた。

4

太野絵里はリビングのソファに座ってうなだれ、静かに語った。

「この家、最初から変やったんです」

※※※

思えばおかしなことが起こるようになったのは地鎮祭のころでした。

神主さんが祝詞《のりと》の最中に急に止まらはって、何事かと思うたんです。

「失礼」と一度咳払《せきばら》いをしてまた続きをやらはったんですけど、また同じ箇所で止まる。それを何度か繰り返してるうち、神主さんの顔も真っ青にならはって……。

なんとか地鎮祭は終わったんですけど、その時にはもう見てられへんくらい消耗してたんです。

後で夫が「あの神主のおっさん、血ぃ吐いとったで」って言うてて。私も彼も大丈夫かいな、って笑ってました。

その後、いよいよ家の工事が始まったんです。せやけどなぜかよう中断したりして、予定通りに進まへん。

着工してからなぜか作業員の人の怪我が相次いだんです。そのたびに中断と再開を繰り返しました。

最初のほうは私たちも怪我した人のこととかも心配して強くは言わんかったんですけど、さすがに目をつむってられへんくらい遅れがでてきて……。

そんな時に地鎮祭で祝詞をあげてくらはった神主さんが死んだって聞いたんです。

驚いてお葬式に行ったんですけど、「あんたらはこんといてくれ」っちゅうて夫とふたりで門前払いでした。

なんか気味悪いことが色々重なるね、ていうて夫とも話してて……それでも遅れはあったものの家は建ったんです。

なんやかんやあったけど、これからは心機一転やなって新居に移り住んだんですけど、変なことはそれからのほうがすごかったんです。

ある時、しえが家の前で錆《さ》びた十字架みたいなんを拾うてきたんです。なんやろこれって思うたんですけど気持ち悪いしすぐ投げ捨てました。そんなもん冗談やないじゃないですか。

そしたらその夜、夫が帰ってくるなり「家の前で猫が死んでる」って言うんです。

見るのも厭やったんですけど、確かに家の前で猫が死んでました。車に轢《ひ》かれたんか、ぺしゃんこなって。目玉飛びだしてはらわたも飛び散ってました。

清掃会社に電話したら明日片づけるっちゅうたんですけど、家の前でそんなグロテスクなん置いてられへんし、清掃会社がくる前にしえが触ったら大変じゃないですか。せやからゴミ袋に入れて、できるだけ目に触れへんすみっこのほうに移動させたんです。

次の日になって片づけにきはったんですけど、職員の人が猫の死骸《しがい》はどこですか？　って訊いてきたんです。

「いや、あそこですよ。ゴミ袋に入れたって言うたやないですか」って言うたら、職員の人は「ゴミ袋の中は空《から》やった」って。それがどこ探してもないんです。

職員の人らはカラスが持っていったんちゃいますか、っちゅうてたんですけど私にはそうは思えんかった。

だってゴミ袋は移動させたそのままの場所にあったし、カラスが突いたような穴もなかった。ただ中身だけがなくなっとったんです。

誰かが死骸だけを持っていったんか、それか……猫が自分ででていったんか。そんな風にしか思われへんかったんです。

そもそもの問題なんですけど、この区画って入居者が少ないんです。他の家もほとんどできあがってたし、工事車両が行き来することもほとんどあらへんくって……。

せやったらなんで猫は死んでたんか。それもあんなえぐい死に方で。わざわざうちの前を死に場所に選んだみたいやった。

夫もさすがに気持ち悪がってました。せやけどその時でもまだたまたまやで、って言うてなんとか正気を保《たも》ってました。

でもおかしなことはまだまだ続くんです。

例えば誰もおらんのにトイレの水が流れたり、食器洗浄機の中で食器がカチャカチャって鳴ったり、テレビのチャンネルが急に替わったり……そんな小さなことはほんまにしょっちゅうでした。

夫が家におるときはまだええんですけど、しえとふたりきりの時は耐えられへんくらい怖かった。それで気を紛《まぎ》らわそうと思ってお酒を飲むようになったんです。酔うてたら、変な話ですけど怖いいう気持ちがぼやけるやないですか。それに頼ったんです。

キッチンドランカーっていうんですか？　ほんま情けないですけど。

そしてついにおかしな現象はしえを襲うようになったんです。

私がリビングの掃除をしている時、庭でひとり遊んでたしえが「ぎゃあ！」って叫び声をあげて、飛んでいったらしえが手から血を流して泣いてたんです。

驚いてなにがあったか聞いたら、知らん人と自転車でぶつかったって言うんです。どいつや、って思うて周りを見たんですけど誰もおらへん。

御覧の通り、ここは新興住宅地です。ごちゃごちゃしてへんし、見通しはええから今娘とぶつかったっていうんやったら絶対隠れられへん。でもどこにも見当たらんかった。

どんな人が乗ってたかって訊いても、しえはよう覚えてへんくて。

ちょうどそのあたりから夫との関係もぎくしゃくするようになったんです。

おかしなことが起こるたび、「おかしい」「おかしくない」でしょっちゅう言い合いになりました。言うてる間に夫は家にあんまり帰ってこんくなったんです。

浮気でもしてんちゃうか、って最初は思うたんですけどそれはない。痕跡《こんせき》もないし、そんなことできる小遣いもないはずです。

ただただ仕事が終わって帰ってくるはずの時間に帰ってこおへん。できたばかりの新居に帰ってきたないっておかしないですか？

私の勘なんですけど、多分夫も怖かったんちゃうかなって。変なことばっかり起こるこの家に帰るんが厭で、どこかで時間潰してるんやろって思うんです。

この家はおかしい。その頃になるとはっきりと実感してました。

せやけど引っ越すことはできへんでした。住んで一年くらいやのにマイホームを手放すなんて無理なんです。ローンもまるまる残ってるんですよ？

どれだけ怖いめにあったかて、私らには我慢する他ないんです。気づいたらお酒の量ばっかり増えてしもうて……代わりに細かいことを考えんで済むようになりました。

なんの解決にもなってへんのに。

それと夫はこの家に住み始めてから二度、入院してます。職場で急に倒れたんです。幸いなことに症状は軽かったんですけど、どっちも丸一日入院したのに、倒れた原因は、

「不明」やって言われて……。

お医者さんはたぶんストレス性の貧血ちゃうか、って言うてはったんですけどはっきりとした病名とかはありませんでした。

実際、退院して夫はすぐにようなったんですけど。

せやけどそれもものの一週間も経ったらまた顔色悪くなって、家にも帰ってこんようになりました。

私も私でろくに食べもせんで飲むばっかりで、ずっと体調悪くしてました。聞こえんふり、気付かんふりをするのに精いっぱいの毎日やったんです。

もう、うちの家族は滅茶苦茶《めちゃくちゃ》でした。

山嵜いう人がきたんはひと月くらい前です。拝み屋さんって言うてました。

「ご主人から相談を受けましてね。家がけったいなことばっか起こるっちゅうたんで見にきたんですわ」と言いました。

山嵜さんは家の外と中をじっくりと見て回りました。猫の話も、普段から起こる変なことも全部話しました。ひととおり見聞きしたあとで山嵜さんが言うたことが衝撃でした。

「ご主人、このままやと死んでまうで」

あまりのことにぽかんとしていると山嵜さんは、「ここの家はあかん。土地もあかんけど場所があかんわ。家建てたらあかんところに建てとんや」。

だから悪いことが起こるのだと話しました。私は正直そんなこと言われてもどうしようもないと思いました。

続けて山寄さんは仏壇はないかと訊ねたので、ないと答えると、神棚は？と訊かれました。どちらもないことを知ると「それはあかんで」と怒られて……。すぐに揃《そろ》えると言うたら、「もう手遅れや」と言われました。

もう私、泣いてしもて。なんでこんな初めて会うおじさんに好き勝手言われなあかんのって。私かてどうにかしたいけど、どないしようもあらへんやんって、悲しくなったんです。

でも山寄さんはそのあとで「まあそない気ぃ落とさんでよろしいがな。どないかしたるさかいにな」と言ってくれました。それは私にとって希望になりました。

「鎮めてくれるんですか！」と喜ぶと山寄さんは力強くうなずいてくれて、それで勇気づけられたんです。でも山寄さんは「せやけどなんとかするんはわしやないねん」と言いました。

専門家がおるから、その道のプロをよこす。そう言って笑いました。

今でも覚えています。その夜は久しぶりにぐっすりと眠れたことを。

5

話し終えた絵里は疲れ果てたようにうずくまり、頭を抱えた。

その動きでまた酒の臭いが漂ってくる。それくらい相当に飲んでいる。

「太野さん」

アビーが声をかける。絵里はその声にゆっくりと顔を上げた。目には涙を溜めていた。

「お気持ち察します。山寄が申した通り、後は僕に任せてください」

そう肩を叩くと、絵里は憑《つ》き物《もの》が落ちたように顔が明るくなった。

「信じてええんですかね？」

「信じてください。旦那《だんな》さんは心不全では亡くなりません」

「心不全……ですか？」

涙に濡れた目を丸くし、絵里は不思議な顔をした。アビーは微笑みながらうなずき、そうです、と肯定する。

その上でアビーはホワイトベアクロウから事前に調べてもらったことを前置きして話し始めた。

「ここに憑いているのは大量の悪霊。この悪霊は古くからこの土地に居ついていて、ここを侵す者を代々呪い殺してきた。土地自体に悪霊の怨念《おんねん》が満ち満ちていてるんやけども、この家はその中でもおそらく井戸かお墓があったんやと思います」

「お墓……」

「気持ち悪う思わんといてください、っちゅうても無理ですよね。気休めにならんかわかりませんけど、それは四百年以上前のことです。ただ、怨念っちゅうのは古ければ古いほど危険なんです。通常は数十年もすれば消滅しよるんです。一説には弔《とむら》い上げにあたる三十三年から五十年で消滅すると言われますが、それを超えて怨念のみで存在している霊は危ないいうわけです。でもここに居座っとるんは四百年モノなわけでして……」

「なんでそんな……この土地だけ」

「通常、ひとりやふたりの怨念はここまで長い年月留まることはないんです。百年以上根付く悪霊いうんはほとんどの場合が一体やなく何十体、何百体と集合していることが多い……。時と共に自我を失くし怨念だけの思念となり《な》、他の霊と融合しよるんです。それが巨大で強大な怨霊《おんりょう》となる。古くからそれを【祟り】とか、或《あ》るいは【神様】やっちゅうことにして逆に神聖なものとして近づかせんケースもあります」

祟り……呪いの集合体みたいなものか。想像するだけでうすら寒くなる。

「人を殺すほどの怨念というのはそこらやたらにあるもんやありません。なりたてのフレッシュな悪霊ならば思念の強さで常世《とこよ》に引きずり込むことも珍しくないですが、普通は死んであんま経ってない悪霊と接点はないもんです。それにただ触れただけで呪い死ぬやなんて映画の『呪怨《じゅおん》』やあるまいし、そない無差別なことないんです。あくまで呪い殺される側にもなんらかの因果《いんが》がある。例えば、お供えものを壊したとか盗んだとか、ほかにも暴言や単純な破壊、悪ふざけの延長線上にある行為。高速道路を自転車《チャリンコ》で走るのとあんま変わりません。わかりますか、奥さん」

真っ青な顔色をして、焦点の合わない視線で宙を見つめる絵里がハッとアビーの顔を見た。

「ゆっくりとはいえ、ここにいるモノは人を殺してしまう悪霊です。悪霊は事故を起こすのが得意で、なにかにつけて事故で家族の誰かを殺そうとします。さっきのトラックの件もそうでしょう」

「運転手は急にブレーキが利かなくなったって言ってる。それでテンパったけど、この家を過ぎた直後からブレーキが利いたらしい」

ゲイルが補足した。そういえばゲイルはアビーが駆け付けた時、ずっとトラックのほうに行っていた。運転手から話を聞いていたのか。

「それ以外では結局、呪念《じゅねん》で命を奪うしかない。せやけどそれは時間がかかる」

太野夫妻がまさにそうだった。ふたりとも体力、精力、気力を徐々に削《そ》がれ、四六時中気だるさが伴い、絵里は酒に、和徳は家に帰らないことでそれから逃れようとした。

このままこの状態が続けば間違いなくどちらかが死ぬ、とアビーは言った。

「十中八九死ぬのは旦那さんやったでしょう。ほとんどの場合、ここに住むことを決めた人間に強く呪いが影響するもんです。放っておいたら、何らかの病気で息を引き取ったでしょうね。原因がわからんので、大体『心不全』で片づけられるんですわ」

絵里は思わず、テレビボードのガラス棚に映る自分の顔を見た。自らの鼻と唇に触れ、固まっている。様々なケースの最悪が頭を錯綜《さくそう》しているのだろう。

私が鏡を見ている時の顔と同じだった。絵里の気持ちは痛いほどわかる。それだけに、この家族が救われてほしい。

絵里の傍《かたわ》らで指をしゃぶったまま眠るしえは、この家に起こっていることを知る由《よし》もない。

「もしも心不全で旦那さんが死なはったら、悪霊の祟りのせいに間違いありません。逆にそれ以外なら祟りやない」

いいいい、逆にそれ以外なら？

違和感を覚えた。今それを言わなければならないのか。私には『必要だから言った』ように聞こえた。

「ゲイル」

アビーはゲイルを呼んだ。ゲイルは黙ってアビーの下へやってくる。

「事情はわかりましたし、対処の方法もわかりました。これから術式に入りますので、申し訳ありませんが、席を外してください。できるだけ離れてもろたら。ああ、二階とかでかまへんので、二階の、この部屋から一番離れた部屋におってください。終わったら呼びます」

アビーはおもむろに立ち上がり、カバンから布に包まれた道具一式をだした。

「鶴《つる》の恩返しやないですけど、術式の最中、絶対に部屋を覗かんでください。絶対に」

絵里は神妙な面持ちでうなずく。アビーは次に私を見た。

「ママ、泣いてるん？」

しえの寝ぼけた声がした。絵里が抱きかかえた際に目を覚ましたのだ。

「どこ行くん……二階？」

絵里に抱かれたしえがキョロキョロとなにかを探し、次の瞬間、私と目が合うと指を差した。

「お姉ちゃんも一緒に行く」

「えっ……」

絵里があかんよ、と言い聞かせるが、しえは一緒に行くと聞かなかった。

「お姉ちゃん、いこ。しえと遊ぼー」

「アビーさん」

「君の好きにし」

「わかった、お姉ちゃんも一緒に行くよ」

ゲイルが目を丸くする。自分でもバカだな、って思う。

しかし、私のせいでしえを泣かせることが怖かった。しえと自分を重ね合わせていたのかもしれない。

絵里は申し訳なさそうに頭を下げ、私は手を振ってそれを制止する。

しえとの出会いはこれっきりかもしれないのだ。私は無理やり気持ちを切り替えた。

『君たちにとって握手会にくるファンは何百人のうちのひとりかもしれないが、ファンからすれば推しは君だけなんだ。あくまで一期一会《いちごいちえ》を大事にしなさい』

緑川から何度も何度も繰り返し聞かされた言葉。それを今になって思いだすとは、笑い話にもならない。

「じゃあ、あとで呼ぶので。るる、おチビちゃんを頼むで」

「はい。大丈夫です」

リビングをでようとした時、ゲイルが私を呼び止めた。

「ほら、サングラスとマスク」

差しだされたそれを見て、一瞬思考が止まる。そしてすぐさま自分の顔を手で確かめた。

「あっ……！」

ない。なにもつけてない！

一体いつから……。

思い返す。すぐに心当たりにぶつかった。トラックが暴走した時、しえを抱いて跳んだ。それからずっと私は素顔だったのだ。

「なんだ、気付いてなかったのかよ。けど誰もなんも言わなかったろ。もっと堂々としてろ」

「…………」

ゲイルからそれを受け取る。今更それを装着するのか？　手に持ったそれを見つめたまま私は固まった。

「お姉ちゃーん、なにしてるん？」

「……なんでもないよ。行こっか」

マスクとサングラスをポケットにしまい込み、しえに笑いかけた。


ジョイントマットが一面に敷かれた子供部屋。アビーの指示した、俯瞰《ふかん》で見てリビングから最も離れている二階の部屋がそこだった。

アンパンマンの滑り台とプリキュアのおもちゃが部屋を占有している、まさに子供用のプレイルームといった趣《おもむき》だ。

私はなんらかのお店のお客という設定らしく、持っているおもちゃのひとつひとつを商品に見立て、拙《つたな》い言葉で丁寧に紹介してくれた。

すごいねー、かわいいねー、と相槌《あいづち》を打ち、隙間を縫って絵里に話しかけた。

「気持ち悪くなかったですか。これ……」

顔のシミに触れる。少なくとも絵里はずっと私の顔を見ていたはずだ。なのにこれについては一切触れてこなかった。

「気持ち悪くないで。むしろ帽子にサングラス、マスクっちゅう姿のほうがよっぽど驚いたわ。やからその顔を見た時は逆に納得したんよね。ああ、それを隠したかったんかって。あなたが思ってるほど、気持ち悪ないで」

絵里は笑う。その言葉と笑顔に不安のすべてが波にさらわれたようだった。

素顔でいることが恐ろしかった。好奇の目に晒《さら》されるのが不安だった。きっとそれは杞《き》憂《ゆう》ではなく、現実だ。だが、今だけは救われた気がした。

「ありがとう……ございます」

「なに言うてんの、お礼はこっちのほうやで！　初対面やのに、こんなにしえにようしてもろて……。ほんまは下で師匠の儀式見てたいんやろ」

「師匠？　儀式？」

「力のあるお祓い屋さんのお弟子さんなんやろ？　なんか恰好とか諸々、そないな風には見えんけど。見て勉強したいやろうに、しえのわがままに付き合《お》うてもろて。ほんま、ごめんやで」

絵里は誤解しているようだ。私は誤解を解こうと一瞬考えたがやめた。事実と違ったとしてもそれを否定するより、少しでも私にできることをすべきだと考えたからだ。

アイドルだった頃から、私は人の役に立ちたかったのかもしれない。

「お姉ちゃん、プリキュアごっこしようや！」

「いいよぉ～、じゃあお姉ちゃんはキュア麻婆《マーボー》豆腐ね！」

「そのプリキュア知らない。キュアミルキーやってー」

「キュアミルキー？」

知らない。キュア杏仁《あんにん》豆腐ではだめなのだろうか。今はキュアとんかつの気分なのだが。

「ふふ」

「絵里さん？」

「ああ、ごめんな。もししえにお姉ちゃんがおったらこないな感じなんかな、と思って。せやけどちょっと歳離れすぎやな」

「私もしえちゃんみたいな妹ほしい！」

「兄妹《きょうだい》とかは？」

絵里に訊かれて、思わず苦笑いをしてしまった。

「ごめん、訊かれたくなかった？」

「いえ、そうじゃないんです。わがまま言って強引に家をでた身なので。顔を合わすのが気まずいっていうか……」

絵里には、自分が元アイドルだということは伏せた。身バレというより、話して自分がみじめに思えるのが厭だったのだ。

「それに、ね」

それにこの顔じゃあね、と言ったつもりが言葉にならない。表情を悟られまいとうつむいた私に絵里が優しい声音で言う。

「気にしすぎやと思うけどなぁ、家族やもん。あなたが必死に頑張ってることくらいわかってるって。たまには帰ったりぃさ」

そうか。絵里は私の事情を知らない。この顔のシミのせいで帰省できないとは思っていないのだ。きっと彼女は私のこのシミを、遥か昔についたものだと考えているに違いない。

「そうですね……そうします」

嘘を吐いた。ズキン、と胸が痛む。

本当はしつこいくらいに母から帰ってこいと言われている。適当にやりすごしながら、ここまできた。元々、アイドル活動についてよく思っていなかった両親だから、急に露出がなくなったことには気付いている。だが、それがこのシミのせいだとは知らない。シミのことは話していないからだ。だからこそ、私はこれを消さなければならなかった。

「そうやで。そうしぃ！　そのほうが絶対ええわ」

絵里の笑顔が苦しかった。

「お姉ちゃん、はよキュアミルキーしてや～」

「わかった。でもお姉ちゃん、キュア青椒肉絲《チンジャオロース》しかできないよ」

スマホのシャッター音がした。振り向くと絵里が笑いながらこちらにスマホのカメラを向けている。

「もう会われへんかもしやんし。よかったら、送るわ」

「本当ですか？　嬉しいです」

絵里は今撮った画像をその場で転送してくれた。その画像をしえと共に見ながら、本当の妹みたいで嬉しかった。このシミのことなど誰も気にしていない。

絵里としえに見送られ、私たちは太野家を後にした。

アビーはひどく疲弊していて、術式の壮絶さを物語っている。だが術式の内容は想像もつかない。

ゲイルもまた同じく疲れきっていた。アビーのサポートも同じくらいに大変なのだろうか。

ゲイルはアビーの仕事についてこう話していた。

『この仕事をしたいっていう人間なんてこの世にいない』

空はすっかり暗い。時刻は二十時を過ぎたところだった。私たちがいる間に主人の太野和徳は帰ってこなかった。もしかするとわざと帰らないのかもしれない。

『最も危険に晒されている人物』である和徳と自宅で会えていないことに問題はないのだろうか。

「ああ、問題ない。ちゃんと置いてきた」

答えたのはゲイルだった。

「置いてきた？　一体なにを」

「あの家と家族を救うための酒を……やね。まさに『神便鬼毒酒《じんべんきどくしゅ》』っちゅうやつ」

「じんべ……なんですか」

「はは、知らんでええよ」

「『厄裁師』って、悪霊を祓う職業なんですよね？」

「まだ言ってんの。ワロ」

「ゲイル」

ゲイルは鼻で溜め息を吐き、イヤホンを装着する。お好きにどうぞ、の意だ。

「あの家に悪霊が棲《す》みついていたのって、どうしてなんですか」

絵里と話している時、明らかにアビーは訳知りの様子だった。当然、ホワイトベアクロウから聞いていただろうが、幾人もの霊能者が口をそろえて『ここはあかん』と話したほどの曰《いわ》くとは一体何だったのだろうか。

現実にしえを襲うあわや大事故を目の当たりにした私には、そこに至る背景が気になった。

アビーは「疲れてんねんけどなあ」と前置きをし、横目で一瞥すると仕方がないといった様子で語ってくれた。

「土地に込められた呪いの中心があの家や。詳しくは伝わってないけど、どうやら四百年くらい前にこの辺でキリシタンの弾圧があったみたいやな。小さなキリシタン村が迫害を受けて逃れ逃れて流れてきたんがここやったんやろ。そしてここが終《つい》の場所」

「終、ですか」

「せや。村全体やからね、ひとりふたりっちゅう人数やなかったはず。それこそ老若男女さまざまな人間がおった。それが虐殺されて、ここに呪いとして残ったんや」

虐殺、という言葉に思わず息を呑んだ。私には想像すらつかない。

ただ辛《かろ》うじて過去に国内外で起こった重大事件のシーンだけが頭をよぎった。

「命が軽かった時代いうんがあった。僕らはそれを過去のものやっちゅうて蓋《ふた》をしたらあかんのや。蓋をしてまうとな、忘れられてさらに収拾つかんくなってまうねんよ。忘れたらあかんのは、悪霊やっていわれとるもんのほとんどは謂れもなく殺された『罪なき人』ばっかやっちゅうことや。それを忘れた愚かな人間が様々な災いをもたらしたりもした。ただいたずらにそれを指さして『不浄のモノ』やってするんは紛れもなく生者のエゴや。僕らだけはこの世で一番それを理解しとかなあかん……」

そこまで言ってふと我に返ったのかアビーはいつもよりも大げさに笑顔を作った。そうして私に振り向くと、「とかなんとか言うて」とおどけると静かに夜空を見上げた。

「アビーさん……」

「ちょっと喋りすぎたわ」

6

頭が重い朝だった。

ガッツリと未知の世界を体験したからか、緊張と不安がまだ体から抜けきっていない。

腫《は》れぼったい目を細め、スマホで時刻を確認する。

「うそ……」

ふとスマホを見て絶句する。時刻は十時を優に過ぎていた。

いくらなんでも寝すぎだ。しかもたっぷり眠りを貪《むさぼ》った割には体がだるい。昨日の疲れがまるで抜けていないような感じだ。

床にめり込むほど重い足で下に下りる。店に差し込んだ陽の光が埃《ほこり》に反射し、キラキラと光っていた。

「だるぅ……」

洗面所に立ち、鏡に映った自分を見た。顔が黒い。

……でも。

シミに触れる。広がりが止まっていた。

「なんでだろう」

ここのところ毎日、少しずつシミが顔に広がっていた。二年前はおでこから瞼を覆うほどの大きさだったのが、この数ヵ月で急に広がりを見せた。一気に広がるのではなく、一日一日、ちょっとずつ広がっていくのだ。

そしてそれがいつの日か私の顔をすべて覆った時、私は死のうと思っていた。阿南に相談したのは最後の望みだった。大阪まできてだめだったら、アイドルとしての死を意味する。みんなの前に戻れない私など、存在価値はない。

誰がわかるだろう。この二年間、苦しんだ私のことを。あらゆる手段を用いても快方に向かわず、それでもいつか返り咲くことを夢見てこれまでやってきた。それを嘲笑《あざわら》うかのようにシミは広がり、まもなく顔を覆おうとしている。

私が黒一色のコーデを選ぶようになったのも、自分の顔が真っ黒になってしまうのを予感していたからなのかもしれない。

ここに寝泊まりするようになって、下手をすると大阪にいる間に黒く染まってしまうかもしれない。そう思ったが、シミは止まっている。一過性のことだろうか。

「……だとしても嬉しい」

本音だった。毎日不安で起きるのが怖かった。ほんの一瞬でも、その恐怖を忘れられることが嬉しかった。

これが最後のチャンスだ。アビゲイルならきっと、このシミを治してくれる。

誰もいない店内に向かって「おはようございまーす」と挨拶をした。

冷蔵庫から牛乳をとりだし、グラスに注ぐ。その気配を感じ取ったスーパーノヴァがにゃあんと鳴き、足にすり寄ってきた。レボさんは相変わらず興味なさげにしている。

「レボさん、昨日、太野家にいた？」

レボさんは私の質問に反応せず、丸まったままだ。そんなわけないか、とつぶやき、昨日見た黒猫を思い返す。すごく似ていたな。

「あんたもお腹が減ってるのね」

スーパーノヴァに牛乳をやり、再び冷蔵庫を開けると庫内の食材や調味料が目に入った。真空包装されている、ドイツ語が印字されたソーセージ。ラップにくるまれたアメリカのアニメで見るような、穴のあいたチーズ。見たこともない魚のイラストが描かれた薄く長い長方形の箱。どれも味が想像できないが、美味しそうだ。

「はっ！」

我に返った私の手にはチーズと箱とソーセージが握られていた。無意識に食べようとしていたらしい。未知の食材へのあくなき探求心が危うく禁を破るところだった。

「あぶないあぶない……」

NE×Tで私は自ら『ごちそう担当』と名乗っていた。

名乗りたくて名乗っていたわけではないが、ハイレゾが私の食事の様子を見て『ごちそう担当』を任命したのだ。

人より少しだけ美味しいものに執着があるという自覚はあるが、特に大食いというわけでもないし、最初は不満があった。

『個性があっていいじゃん。羨《うらや》ましいよ！ るるはそっち方面で攻めてみたらどう』

いつか莉歩がそう言ってくれて吹っ切れた。それからは自信をもって『ごちそう担当』を名乗れるようになったのだ。

イベントがあるたび、美味しいものを食べさせてもらったっけ。

ごちそう担当を名乗ってから私は大手を振ってファンの前でも食べることができた。私を推してくれるファンたちはみんな、「食べる姿がかわいい」と言ってくれた。

そう言われるたびに嬉しくなった。

ランクが上がり、一喜一憂した日々を思いだすだけで身が震える。武者震いというのだろうか、あの時の緊張感を体がまだ覚えているのだ。

ステージのライト。飛び散る汗。揺れる無数のサイリウム。戻りたい。戻らなければ。

「だから店のモノに手をつけたらいけないんだ……」

自分に言い聞かせるよう声にだした。アイドル休業中に無断で人様の食料に手をだしたとあってはファンに顔向けができない。

「っていうか、店開けないと！」

一応、十時オープンということになっている。オープンといってもただ鍵を開けてカウンターに座っているだけだが。

私としては開店が早すぎるのではないかと思うが、意外と午前中に仕事がくることもあるそうだ。特にアビーはAVソムリエの他にパチンコ・スロットの攻略情報などもリークしている。もっとも、信憑性は薄いらしくこちらはすさまじく人気がない。

お腹減った。

とにかく身だしなみを整え、開店に備えた。まだ三日しか経っていないがすっかり慣れた自分が憎い。

私は二階へ駆け上がり、アビーの部屋のドアをノックした。

「オープンしまーす」

「アビーはイコーナ（パチンコ店）のモーニング」

隣の部屋からゲイルの声。

「えっ、こんなに朝早いの」

「十時は早くないし。むしろ、俺は今から寝る時間だから静かにしろよ」

私より朝早いとかある？

「スーパーノヴァに餌《えさ》やっといて」

「ちょっと人使い荒いんじゃないの！　私、ここの住人じゃないんだけど！」

「スヤァ」

「……呆れた。スーパーノヴァだけじゃないでしょ。レボさんのぶんもあげとくよ」

「は？」

「レボさんだよ！　あんたが教えてくれたんじゃない。黒い方の猫！」

突然、目の前に芸術的なほど幾何学模様の寝癖《ねぐせ》を携えたゲイルの顔が現れた。いきなりドアが開いたのだ。

「なっ、えっ？」

突然出現したのと、顔が近すぎるので私はパニックになった。綺麗な顔の男は卑怯《ひきょう》だ。それにそんな碧い目で見つめるのもずるい。まとめると卑怯でずるい。

「黒い方の猫?」

「そ、そうだけど……」

「いつから視えてるんだオマエ」

「え?」

ゲイルはしばらく私を見つめた。白く艶やかな肌、整った顔立ち、高い鼻梁《びりょう》。やばい、惚《ほ》れる。

「オマエ、さつま揚げに似てるよな」

前言撤回、殺す。

「誰に向かってそんなこと言うわけ!」

バタム!

「ちょっと、閉めんな! 殺す殺す殺す、あんたの家族もみんな殺す!」

「こーわーいー……ふわぁ」

欠伸《あくび》で漏れる吐息が聞こえてきた。今から寝る気か。

狂おしいほどドアを叩くがやがて寝息が届く。信じられない男だ。

「ちょっと! エサってどこにあるの……ねえ、ゲイル!」

訊ねるが返事はない。寝たらしい。

「のび太かよ、あのヤロウ!」

今回だけは見逃すが、奴はもう生涯の敵だ。決めた。

力なく私は再び下に下りた。冷蔵庫を開けると【スーパーノヴァ用】という残飯が入ったタッパーがある。案外すぐに見つかった。だが、

「レボさんの分ないじゃん」

にゃあ、とスーパーノヴァが私が手に持った朝食を催促する。

「待って、レボさんも同じでいいの？　スーパーノヴァ」

スーパーノヴァは知るか、と鳴いた。

「ゲイル、レボさんも同じごはんでいいの？　ねえ、ゲイル！」

起きなかった。

「仕方ないな。あとで怒られても知らないから」

そうひとりごちながら床に置かれたエサ皿にタッパーの中身を空けた。

エサ皿はひとつだった。ということはつまり、二匹とも共有で使っている証拠だ。私の判断は正しかったらしい。

「レボさん、朝ごはんだよ」

レボさんは相変わらずの定位置で丸まっている。一度こちらを振り向いたがやはり再び眠った。

「お年寄りの猫ちゃんなのかな。あ、こらスーパーノヴァ、ひとりで全部食べちゃだめだよ」

レボさんのそばにテレビのリモコンがあった。壁にはテレビが吊ってある。

テレビを点《つ》けると、東京ではあまり見かけないお笑い芸人が商店街ロケをしている。天《てん》神橋筋《じんばしすじ》商店街だった。

『日本一長い商店街として有名なこの商店街ですが～……』

「へー、そうなんだ」

次から次へと商店街名物を紹介してゆく。ドーナツとかたこ焼きとか、美味しそう。いまから行こうかな。

「安孫子ぉ～！」

無遠慮に乱入した突然の濁声《だみごえ》に思わずスーパーノヴァが飛びあがって逃げた。

「安孫子ぉ～おらんのかい、でてこんかい！」

店に入ってきたのは年配の女だった。

不審者が入ってきたのかと思ったがよくよく見ると見覚えがある。ホワイトベアクロウだ。

「ホワイトベアクロウ！」

「なんやおったんかいな、ちゅうかなんやホワイトスネイクって」

「いやっ、なんでも……アビーさんにご用ですか」

「せやけど、あんたはなんやねん。急に顔見るようなったけど」

老女は怪訝《けげん》そうに訊いた。なんと答えるべきか迷った挙句、「アルバイトです」と答えた。

「アルバイト？　アホなこと言いな。あの貧乏厄裁師がそないなもん雇う余裕あるかいな。大方、どっかで聞きつけてあのアホの弟子なろう思てきよったやろ。やめときやめとき、こない汚れ仕事！　若いのに後戻りできやんようなるで」

すごい剣幕で怒られた。しかもほとんど聞き取れないくらいの早口だった。

「そんな、失礼じゃないですか！　汚れ仕事なんて。立派な仕事です！」

「はあ？　なに言うとんねん小便タレが！　あれを立派やなんて頭沸いとんか。……ったくあのボン、まァた朝イチからパチンコ三昧《ざんまい》か。ほんまええ身分やな！　どこや、どこの店おんねん」

「知りません！」

アビーを悪く言われたのが無性に腹が立ってつい嘘を吐いてしまった。さっきゲイルが店の名前を言っていたのに。

老女はわかりやすく舌打ちをすると、不機嫌に店を見回し苛立たしく獣のような声で唸《うな》った。関西人怖い。

「んならもうよろしわ！　お嬢、あんた安孫子が帰ってきよったら伝えとき、『厄裁完了』やってな。あんたに頼んでんやからな、絶対伝えや！」

「わかりました」

台風一過、くちゃくちゃと口を鳴らしながらホワイトベアクロウは去った。

──『厄裁完了』……

脳裏に浮かぶのは昨日の一件だ。完了、ということは悪霊退治が成功したのだろうか。

そうだとするとアビトという男はやはり、かなりやり手の祓い屋ということで確定する。

「じゃあ、やっぱりこれを消せる……」

ひとりつぶやき、遅れてきた興奮に震えた。

たった一度。それもあんな短い時間で霊能者たちがこぞって匙《さじ》を投げた一件を解決した。

ならば、やはり阿南が私をここへよこした理由はひとつだ。

当初の予想通り、このシミを取り除いてくれる。その力で。

もう疑う余地はない。仮説は確信に変わった。

疑心暗鬼があった。結局昨日はアビゲイルの仕事に立ち会えなかっただけに、私は袋《ふくろ》小路《こうじ》に迷い込んでいた。

アビゲイルは呪いを解ける。私は希望を持っていいのだ。

「またステージに戻れる……」

ファンたちの顔が浮かぶ。メンバーの面々も。ハイレゾや緑川もそうだ。もう一度私はあそこに戻ることができるのだ。スポットライトの熱と光がよみがえる感覚があった。

「よし、じゃあ……今日は奮発しようっと！」

私のシミの件はひとまず置いておいて、アビゲイルは太野家を救ったのだ。

しえの笑顔が浮かぶ。

――しえちゃん、お父さんが帰ってくるようになったら嬉しいだろうな。絵里さんももうお酒に溺《おぼ》れないで済む。

自分のことのように嬉しくなった。アイドルだった頃のやりがいがよみがえる。

私は人前に立つのが好きだ。目の前のファンが笑ったり喜んだりするのがたまらなく嬉しかった。誰かに褒められることよりも、誰かに喜んでもらえるほうが嬉しかった。それは今も昔も変わらない。アイドルをやっていれば数えきれないたくさんの人が喜んでくれる。歌ったり、踊ったり、ふざけたりしているだけで笑ってくれる。

アビゲイルの仕事とアイドルの仕事はまるっきり違うが、根本的には同じなのかもしれない。人の役に立つ仕事……誰かを元気づける、喜んでもらう仕事という意味では。

私は単純だ。たったそれだけのことなのに、急激にアビゲイルと親しくなった気がした。

親しい人とは一緒にごはんを食べたい。無性に私は、アビーと食事をしたい気分になった。ゲイルは無視だ。完全に仲間外れにしてやる。

アビーを見つけるのは簡単だった。恰好が変わらないおかげで見つけやすい。なるほどそういう利点もあるのだと知った。

所狭しとパチンコ台に集《たか》る客の中にアビーはいた。

「アビーさん！」

アビーは無反応だった。ただ真っすぐ台を睨んでいる。大音量の有線ミュージックと玉のジャラジャラという音、それにパチンコ台自体からも発している効果音。それらが混ざり、初めて足を踏み入れた私の耳にはすこし刺激が強い。

横顔からはそれほど不機嫌に見えない。今日はまだ負けていない、、、、いないようだ。

「アビーさん！」

次は肩を叩くと、びくんと跳ね、振り返った。

「るる？」

細い目を丸くし、耳穴からパチンコ玉を取った。

「パチンコ玉でてきた！」

「せやねん。最近のパチンコは体内から直接玉でてくる仕様でな。ほら、確変でもう一個……って、なんで君がおんねんな！」

「ノリ突っ込みの本場！」

「店はどないしてん！　それにこれは聖戦《ジハード》やぞ」

「それよりお昼休憩ですよ！　ランチ食べに行きましょう！」

「ランチ？　なんや急に……怖いな」

「私、奢《おご》ります。あんまり高いものは無理だけど、奢らせてください」

アビーは怪訝な面持ちだったがすぐにいつもの顔に戻ると、「じゃあ、とりあえず外でよか」と答えた。

外にでると突然、大きな音のうねりから解放され、キンと耳鳴りがする。

平日の昼間は寝屋川市駅前の人通りは少なく、東京都心にはない長閑《のどか》さにホッとした。

「言われるまま外にでたものの……、君にランチを奢ってもらう筋合いはないんやけど、どんな風の吹き回し？」

「お祝いです！　それにたまには美味しいもの食べたいじゃないですか！」

「君は食べ物のことになると周り見えんようなるからな……」

「はい？」

「なんもないこと風のごとし」

「私、この辺のこと全然わからないんで、どこかいいとこありませんか」

「いいとこ？　まあそらあるっちゃあるけど……ほいじゃまあ、寿司でも行こか」

「寿司！　食べたいです！　でもお高いんじゃ」

「アホか。何が悲しゅうて十以上も下のお子様に寿司奢ってもらわなあかんの。自分の分は自分でだすわ」

「ダメですよ！　それじゃあ私の気が収まりません！」

「本来は僕が奢って然《しか》りやで。割り勘でええっちゅうてるだけでも譲歩してるって思うてよ」

「そんなあ……」

「なんやねん、一体何のお祝いやねんな。人に祝われるようなこととなんもないで」

「いいんです、それは！　……それじゃあ、またいつか奢らせてください。そうだ、二十歳《はたち》になったら大人になったってことで奢りますよ」

「逆や逆。どこの世界に成人のお祝いに奢ってもらうアラフォーがおんねん」

「アラフォー？　うそ、おじさんじゃん！」

「うっさいわ！　まあまあ傷つくんやけど……」

「とにかく行きましょう。連れてってください、美味しいところ！」

やれやれ、といった様子でアビーは溜め息を吐き、歩き始めた。私は横に並ぶ。

「昼もやってて、おすすめっちゅうたらそうやな……」

こうやって見ると変な恰好《スーツ》の、イケメン男子。

普通にモテそうだし、スーツの柄以外。見た目だけならガツガツしていなそうな草食系。あの趣味さえなければ完璧だ。あと思ったよりおじさんだし。

だがそれは世間を欺《あざむ》く表の顔。その正体とはスーパーエクソシスト。スパイダーマンの正体を私だけが知っているみたいで嬉しい。

そして、私もまた救ってもらうのだ。

「なにをニヤニヤしてまんの」

「いえ、スパイダーマンっていいなあって」

「格闘技世界チャンピオン……スパイダーマッ！」

「なんや東映版ちゃうんか。レオパルドンのおらんスパイダーマンなんてただの蜘蛛《くも》やぞ」

「なんですか?」

話している間に、以前アビーと入った喫茶店に差し掛かり妙な懐《なつ》かしさを感じる。ほんの二日前のことなのに。

「とにかく、アビゲイルの仕事は立派です。寝屋川の誇りですよ! 自信もってください」

そう口にだしてみて頭に『寝屋川アビゲイル』という名前が浮かんだ。なかなかいいかもしれない。

Bar. SAD に戻ってくると、レボさんと目が合った。

「ただいま」

レボさんが鳴いたのを一度も聞いたことがないな、と思いながらいつもの定位置に座った。アビーは結局奢らせてはくれず、私はせめてもとゲイルのお土産《みやげ》だけを買った。

アビーはしきりに気味悪がったが、この人が私をアイドルの道に戻してくれるのだと思うと英雄にさえ見えてきた。あとはお手伝い(アルバイト?)として一生懸命有能さをアピールすれば、もっと早くその気になってくれるのかもしれない。

「そうだよ、私はいま試されているんだ」

シミを消すに値する女かどうか試されている。そのためのゲイルの性格の悪さだとか、アビーの変な設定だとすれば腑に落ちる。

「……あれ？」

ふと私はマスクとサングラスをしていなかったことに気づく。全く無意識に帽子だけかぶってでかけていたようだ。

「アビーさん、言ってくれればよかったのに」

アビーは再びパチンコ店へ赴いた。

『あなたが思ってるほど、気持ち悪ないで』

絵里の言葉がよみがえり、焦る心が落ち着いてゆく。もしかすると、私にはもうマスクもサングラスもいらないのかもしれない。

もうすぐこのシミも消える。ならばもう隠す必要はない。堂々としていればいいのだ。不思議なほど穏やかな気分だった。アビーが消してくれる。そんな絶対的な安心感が私の心を凪《な》いでいた。

テレビを点けると午後のワイドショー番組をやっていた。司会のタレントとコメンテーターが神妙な面持ちで、言葉を選びながら話している。

またなにか厭な事故か事件があったに違いない。晴れやかな気分に水を差されるのはごめんだ。チャンネルボタンを押す寸前、画面が切り替わった。

見たことのある景色に手が止まる。

洒落たデザインの一軒家を背景にリポーターが眉間《みけん》にしわを寄せ、リポートしている。
喋っている言葉は耳に入ってこなかった。
ただその景色と、右下に表示されたセンセーショナルなテロップに凍《こお》り付いた。
『夫を庖丁《ほうちょう》で刺し殺す　三二歳妻を逮捕』

其の三　厄裁師

1

通路の奥から慌《あわ》ただしい足音が迫ってくる。

「芥田《あくた》です！」

ドン、ドン、と荒々しいノックに、控え室から私は「どうぞ」と答えた。

「るる！　どうしたっていうんだよ」

ただごとではない剣幕でやってきたのはマネージャーの芥田だった。所帯が大きい私たちには何人かのマネージャーが持ち回りで担当している。メインの緑川を中心にして芥田や他のマネージャーが私たちのスケジュールその他を管理しているのだ。

「ミドさんは……？」

「体調崩して今日は休んでる。緑川さんもるるの晴れ舞台にこれないことを悔《く》やんでいたよ。それよりなんなんだよその恰好、なにがあった！」

私服姿の私の姿を責める。それもそのはずだった。

今日はライブの日。本来はもう衣装に着替え、メンバーと合流していなければならない。私以外のメンバーはみんな大部屋の控え室にいた。

私だけが別の控え室にいる。

キャップ帽を深く被り、その上からパーカーのフードを重ね、さらにサングラスとマスクで私は顔を隠していた。

「芥田さん、どうしよう……私」

自分の口からでた声はわざとらしいくらいに震えていた。まるで吹雪の雪原にぽつんと取り残されたかのような、弱々しい声。これが私の声なのか。

「顔か？　顔をどうした、まさかお前、怪我か？」

頭《かぶり》を振る。芥田は一瞬安堵《あんど》の顔を見せたが、私はすぐに「そんなのじゃない」と否定する。

「シミが……顔にシミが……」

「なんだ、シミか。驚かすなよ……そのくらいファンデーションでどうにかなるよ。うちのメイクさんの腕前を知ってるだろう」

「違うんです！　そんな小さなのじゃなくて」

「いいから見せてみろ。大した事ないさ、ほら……」

芥田の声を信じ、正面に向き合う。芥田はまず帽子を取り、サングラスとマスクを私の顔から外した。

うっ、と短い呻《うめ》きが聞こえた。

「お前、これ……」

その後が詰まる。芥田は絶句したまま固まっていた。そして、それがすべてを物語っている。

これはダメなんだ。やっぱり、ダメなやつだ。

悟った。少なくとも今日のライブに出演するのは絶望的だ。

「なんで……こんな、お前今日、初センターなんだぞ」

芥田は私よりも顔面を真っ青に染め、うわ言のようにつぶやいた。唇は血の気が引き紫色だった。

「とにかく緑川さんに相談しよう。きっと緑川さんなら妙案が……」

「私のこの顔じゃ無理です。他のメンバーに……お願いします」

「なにを言ってるんだ！　そんな弱気でどうすんだよ！」

「芥田さん……お願いします。私だって本当はステージに立ちたい。でもこんなじゃ！」

芥田を見つめた。だが彼は見つめ返してはこなかった。醜《みにく》く変わり果てた私の顔を直視できなかったのだ。

額から目の下にかけて、怪物に顔を齧《かじ》られてしまったような黒いシミ。いくら隠そうとしても絶対に隠し切れない。

「お前、今降りるとセンターなんて戻れないぞ、莉歩やほかの奴らも狙《ねら》ってる」

「そうだ芥田さん。私の代わり……莉歩をセンターに立たせてください」

莉歩の名前がでたことで私は提案した。芥田は信じがたいといった表情で固まっている。感情がどうかしてしまったのか笑い顔のようにも見えるのがおかしかった。

他の誰かに譲るくらいなら莉歩がセンターに立ってほしい。あそこが私の居場所だと忘れないために。

「大丈夫ですよ芥田さん、原因はわからないけど……きっと、きっとすぐに元に戻りますから」

「それが治ってもセンターへ『はいどうぞ』とはいかないぞ」

「わかってます。また頑張ったらいいんです。NE×Tの歌……ハイレゾさんの歌詞にもあるじゃないですか。『チャンスは一度じゃない。自分で作ろうと思えば何回でも』って。たった一回、チャンスを逃したからって……」

「緑川さん、悲しむぞ」

芥田は私に背を向け、ドアの向こうに私の欠場とフォーメーションの変更を指示した。それを聞きながら、芥田にわからないようサングラスをかける。涙が溢れて止められなかった。

悔しい。

諦められない。

あの場所に立てない。

悔しい！

ライブは盛況だった。私は袖から見ることすらできず、控え室のモニターでその様子を見ていた。

スポットライトを浴びて輝く莉歩は、弾《はじ》ける笑顔を振りまき、まさに王者の風格だった。その堂々たる振る舞いは、急にセンターを任されたとは思えないほどだった。

『本当ならあの場所に私がいたはずなのに』

怨念を振り払うように頭を振る。このままでは嫉妬《しっと》と後悔に身も心も焼き尽くされてしまうだろう。

そういえば莉歩は私がセンターに決まった時、呪いがどうとか言っていた。

い、い、い、い、い、い、い、い、い、い、い、い、
もしかして、これは莉歩の仕業ではないのか？

どろりとした黒いなにかが心の裂け目からはみだすのがわかった。

瞼に手を当てる。ざらつく触感。肌触りまで変わってしまった醜いシミだ。

莉歩が私をセンターから引きずり下ろすために呪いを……ファンと……。

「そんなわけない！」

いたたまれなくなり、モニターを消した。

これは邪念。単なる邪推だ。このシミは一時的なもので、呪いなどという非科学的な現象ではない。そんなものが、この世にあってたまるものか。

頭を抱え、耳を塞《ふさ》いだ。消えてしまいたい。

あろうことか、莉歩を疑うなんて最低だ。自分が情けない。

「うっ……ううっ……」

ずっと泣いていた。枯れるほど泣いているのにまだ涙がでるなんて、信じられなかった。

「るる！」

ハッと顔を上げる。莉歩の声だった。

「いるんでしょ、るる！　ドアを開けて」

「ごめん、莉歩。私の代わりなんかさせて……こんな形でセンターに立つなんて、厭だったよね」

「何バカなこと言ってるのよ！　そんなことよりるるのことが心配なの！　開けて」

「ううん。莉歩、ライブが終わったばかりで疲れたでしょ。ごめんね、ごちそう担当……誰か引き継いでくれるかな？」

「バカなこと言わないで！　きっと戻れるから……私がそれまでセンターを守るから！」

「戻れるかな。戻れるといいなあ……アイドル、やめたくないなあ」

「あったりまえじゃん！　それにステージに立つだけがアイドルじゃないよ！」

「そうだね……そう……だね……」

「私は待ってるよ、ずっと！」

「うん……」

そうだ。私たちはずっと一緒だった。一緒に歌い、踊ってきた。

だから、これでお別れなわけがない。私はすぐに戻る。戻らねばならない。

「芥田さん、呼んで……」

「わかった」

莉歩の足音が遠のいてゆく。ドアに縋りつき、口元を押さえた。

この手をどけると、叫んでしまいそうだった。叫び散らして、莉歩を引き留めてしまいそうだった。

莉歩、私、悔しい。あそこに立つのはあなたじゃなくて、私。歌いたい。踊りたい。今までどれだけ苦しい思いをして、そこまでたどり着いたか。莉歩、あなたならわかってくれるよね。

──『るるは食べているところかわいいんだから、たくさん食べなよ。そうだ、それを売りにすればいいじゃん！　え、太ったらどうしようって？　大丈夫だよ、太ったってるるはかわいいし』

思いだす莉歩の言葉が、全部呪詛の言葉に思えてくる。

──『太りにくい体質なんだね。ふぅん』

本当は、本当に、もしかして……あなたが……。

思いのたけを全部ぶちまけてしまいそうなのを、必死で食い止める。言葉を強引に塞いだ代わりに、噴きだすようにして涙が溢れた。まだでるのか。このまま体中の水分が抜け、衰弱死するのではないか。

やめて、私は莉歩のことを悪く思いたくない。莉歩は、莉歩は仲間なのに！

――『ランキング上がったね。いいね、るるは才能があって。顔もかわいいし、せめてその顔だけでもなあ』

その顔だけでもってなに？　この顔がどうなれば……

「う……うう……」

次から次へと負の感情とマイナスのイメージばかりがなだれ込んでくる。今の私にはなにをどうしても絶望が勝ってしまっていた。助けて。このままじゃ私、友達を憎んじゃう。

「るる、大丈夫か？」

「芥田さぁん……」

「今日はもう帰ろう。みんな着替えているところだから、今でれば大丈夫だ」

ドアの向こうから控《ひか》えめな声で芥田が呼びかけた。

芥田が背を押し、部屋をでた私を誘導する。外へはメンバーが着替えている大部屋の前を横切らねばならなかった。

「大丈夫、誰にもわからないから」

芥田が小声でささやき、そそくさと部屋の前を通り過ぎた。

「るる！」

だが部屋を過ぎて二十歩も歩いていないところで後ろから声がした。

夏鈴やみいみゃをはじめとしたメンバーたちがこちらを見つめている。

「お前ら、ダメだろ、でてきちゃ！　戻ってろ」

「そんなわけにはいかないでしょ！　なんでるるをそんな爪弾《つまはじ》き者みたいにして、ひとりだけ外に逃がそうとするのよ」

私の前任のセンターだった夏鈴だ。本当なら私の代わりにセンターを務めるはずだったが、私が莉歩を指名したせいでセンターに返り咲けなかった。声音にトゲがある。

「体調不良って聞いてるけど、それだけじゃ納得できない！　わかってんの、センターだよ？　体調不良で休んじゃえるような軽い気持ちでセンターを務められるほど甘くないんだよ！　それに四位の莉歩をセンターに指名するなんて……」

「夏鈴、あくまで代理だ。今日はるるが指名しただけで、これからも莉歩がやるわけじゃない」

「じゃあ、どうなるんですか。持ち回りでメンバーが順番にやるとか言わないですよね。センターがころころ替わるアイドルってどうなんですか」

「落ち着け、とにかく今日のるるは具合が悪い。もういいだろ」

「よくない！　よりにもよってミドさんがいないときに……。るるもなにか喋れよ、みんな命がけでやってんだよ！」

誰かと言葉を交《か》わす気力は限りなくすり減っていた。気の強い夏鈴が相手ならば余計に精神がすり減る。

「やめてやれ、お前だってあんまり気を張ってばかりいると、こうなるかもしれないんだぞ」

「馬鹿《ばか》にしないでよ！」

夏鈴が距離を詰め、私の手を取った。為《な》す術《すべ》もなく引き寄せられる。

「やめろ！」

不測の事態に芥田が叫ぶが遅かった。立つことさえ怪しい私は引っ張られるままその場に膝《ひざ》をつき、へたり込んでしまった。

カツン、となにかが地面に落ちる。

「あ……」

落ちたのはサングラスだ。咄嗟に顔を上げ、しまった、と思った時にはもう遅かった。

「しっかりしなよ、るる……きゃあっ！」

夏鈴の悲鳴。目の色が怒りから怯《おび》えに変わってゆく。

「ああ……、ああーっ！」

両手で覆う。見られた！

場は騒然となった。メンバーたちの視線が私に集まる。莉歩も、あの中にいるのだろうか。

「見ないで……見ないで！」

ざわついた沈黙。

私は今、一身に同情を集めている。その同情が私の耳元で語りかける。

『もうお前は終わりだ。かわいそうに』

「見ないでええええええっ！」

2

壁。窓。差し込む光。朝。なんだここは、どこだ。

部屋から飛びだし、洗面所へ走った。

「おえっ、かはっ！」

吐き気はするがなにもでない。涙目で咳き込む、呼吸が苦しい。

匂いも、空気の肌触りも、ここは私の場所ではない。どれも見慣れないが知らないわけではないようにも思う。

蛇口をひねると勢いよく水が噴きだす、それを含み口を漱《すす》いだ。顔を何度も水で洗う。

なんだかものすごく汚れている気がする。何度も何度も、水を含んだ掌《てのひら》で顔を擦《こす》った。

「ぷはっ」

ようやく気が済み、顔を上げる。

鏡があった。そこに映っているのは顔が半分真っ黒な、自分だ。

「ひっ！」

息が詰まる。だがそのショックでフラッシュバックのように現状がよみがえった。

ここは……Bar. SADだ。寝屋川にきて、四日目の朝である。

あの時よりも大幅に広がったシミで時間の経過を実感するなんて皮肉にもならない。

「そっか、そうだっけ」

あの時の夢は、私にとっては悪夢だ。現実に起こったことだけに普通の悪夢よりもたちが悪い。あの悪夢を見るたび、私は時と記憶を瞬間的に失う。

この悪夢から逃れるために、私は寝屋川にきた。見知らぬ、土地に。

「死にたい……」

無意識につぶやいていた。


「るる」

再び部屋に戻り、うずくまっているとドアの向こうからゲイルが声をかけてきた。

聞こえないふりをした。今は誰とも話す気にはなれない。

「ゴミ箱に寿司が捨ててあったけど、あれなに。もったいなくね？」

テレビで太野家に起こった惨劇を知った私は、烈しく動揺した。

テレビの中がすべて虚像《うそ》だと信じたかった。だがそれは見れば見るほど知っている景色だった。建ち並ぶ同じ形の家。だがひとつひとつの家にそれぞれの家庭と生活があった。ひとつとして同じものはない。世界でただひとつの家族がそこにあった。ひとつの家庭に触れ、なにに怯えているのかに触れた。

それが脈絡もなく壊れた。もう二度と太野家に温《ぬく》もりは戻らない。

「完了って……言ったじゃん……助かったってことじゃなかったの……」

暗い部屋と黒いシミが溶け合い、体の半分が欠けた私。私がかかわったから。呪われた私がかかわったから、うまくいかなかったのか。

「……まあいい。勝手に大きな生ごみとか捨てんなよ。店に迷惑かかる」

いいんだ。もう、ゲイルにもアビーにも会うことはない。

私は寝屋川をでていく。やっぱりくるべきではなかったのだ。阿南に言われるまま、ホイホイとバカ正直にやってきたのがいけなかった。

——いい人だと思っていたのに。

アビーを責める感情で頭の中が支配されていた。アビーは最善を尽くしたのかもしれない。術式が終わったあとの疲弊した様子は、嘘ではなかった。そう……信じたい。

だからといって許せるのだろうか。

医療ミスで死ななくともよかった患者が死んだ。

不注意で歩いている児童を轢き殺した。

軽い気持ちで言った冗談を真に受けて自殺した。

一生懸命やったけど死んじゃいました。


『悪気がなかった』は免罪符にならない。だが社会はどこか、『だったら仕方がない』という空気をだす。このシミだって、メンバーや関係者はみんな、悪化していく様に『だったら仕方がない』という目に変わっていった。

アビーは悪くない。でも、許せる自信がない。

昨晩はあの後、眠ってしまうまで私は泣き続けた。そのせいで悪夢を見てしまった。

「るる」

その声にハッとし、思わずドアのほうを振り向いた。アビーの声だった。

「仕事が入った。今から現場入りや」

「えっ……」

「わかるやろ。僕らの仕事や。君はどないする」

行くわけがない。それを意思表示するには沈黙を貫《つらぬ》けばいい。このまま黙ってやり過ごせば、アビーは私を放って仕事へ行くだろう。それを待ってでていく。

アビーがパチンコに行かなかったのは想定外だったが、気持ちは変わらない。

「あー……それとやね、昨日、あのあとちょっと考えたんやけども。やっぱり君は僕の仕事を勘違いしてないやろか」

「なにが勘違いなんですか」

つい返事をしてしまい、口を押さえた。

「してるよ、勘違い。多分、まだ僕の仕事が祓い師みたいなんやと思うてるやろ。違うって何度も言うたはずやねんけどな。やっぱり昨日、無理やり見せとくべきやったわ。反省しとる」

「もう、いいんです。私、東京に帰ります」

「ええことあらへん。帰るのは勝手やけど誤解されたまんまなんは気に食わんねん。そのままでええし、よう聞きや」

返事はしなかった。アビーは構わずに続ける。

「僕の仕事はね、ただの汚れ仕事や。立派やあらへんし人の役にも立ってへん。汚れ中の汚れや。色んなところから白い目で見られ、唾を吐かれ、それでも手を汚さんとあかん」

また汚れ仕事と言っている。自分の仕事を悲観的に見ているだけなのか。だがそうだとしても白い目で見られる、唾を吐かれる、とはどういうことだろうか。今回のように失敗をすればそういう目に遭う、ということなのか。確かに、医者と同じで『失敗＝誰かの死』ということならば、そんな目に遭っても仕方ないのかもしれない。

だがそれよりも腑に落ちないのは、『手を汚さんとあかん』という言葉。

「阿南がよこした以上、君にはちゃんと向き合ってもらわなあかん。せやないと、ここで出会《でお》うた縁に説明がつかん。やから、あの家でのことはちゃんと見てもらうべきやったん

届け、物語の力。

あらすじ

高校二年生の越前亨《えちぜんとおる》は母と二人暮らし。父親が遺した本を一冊ずつ読み進めている。亨は、売れない作家で、最後まで家族に迷惑をかけながら死んだ父親のある言葉に、ずっと囚われている。

図書委員になった彼は、後輩の小崎優子《こさきゆこ》と出会う。彼女は毎日、屋上でクラゲ乞いをしている。雨乞いのように両手を広げて空を仰いで、「クラゲよ、降ってこい！」と叫ぶ、いわゆる、“不思議ちゃん”だ。

クラゲを呼ぼうと奮闘する彼女を冷めた目で見ながら亨は日常をこなす。

八月のある日、亨は小崎が泣いているところを見かける。そしてその日の真夜中――街にクラゲが降った。

物語には夏目漱石から、伊坂幸太郎、朝井リョウ、
森見登美彦、宮沢賢治、湊かなえ、村上春樹と、
様々な小説のタイトルが登場します。
この理不尽な世界に対抗しようとする若い彼ら、彼女ら、
そしてかつての私たちの物語です。

ISBN：978-4-06-519474-4　定価：本体1300円（税別）

や」

「回りくどいですよ、アビーさん……。らしくないです」

「は、らしくないやて。昨日今日知り合《お》うたばっかの小娘がなにを」

「小娘ですけど、昨日今日もあればわかりますよ。つまり、アビーさんはこのシミを消せない。阿南さんが期待したような力がなかったってことですよね」

言葉にトゲが宿る。いつもの自分の言葉じゃないことは厭でもわかった。

「口減らんね。回りくどく言うとるんは、君を外にだすためや。それにシミを消すっちゅうのを期待してるんやったら見当違いやで。僕には最初からそんな大層な力はあらへん」

「呆れた……開き直るんですね。今、心底幻滅してます」

「太野家のこと、もう知っとるんやろ」

言葉がでない。

図星だからではない。瞬時にして私の心を絵里としぇが占領したからだ。

「私を外にだすために回りくどくしているんなら、口で言うつもりはないってことですか」

「せやな」

私はドアを開けた。アビーはかすかに眉を上げ、私を見つめていた。

「見せてください。見届けたら帰ります」

許すことはできませんけど——私はまた喉奥に言葉を押し込んだ。

「ほなら、行こか」

3

京阪線から大阪メトロを乗り継ぎ、京セラドームのおひざ元、九条《くじょう》駅に降り立った。

「どうかしたか」

京セラドームのそばということで、明後日《あさって》やってくるはずのNE×Tのことを考えて立ち止まると、不審に思ったゲイルが声をかけてきたのだ。

「ううん、なんでもない」

大きな幹線道路を挟んでアーケードの商店街が存在感を放ち、入ってまもなくのところに、昭和ライクな佇《たたず》まいが印象的な喫茶店バロットはあった。

「おお安孫子ォ、ここやここ!」

店に入ると奥のテーブルでオムライスを食べている老人がいた。

真っ白な頭にふくよかな体型の、どこにでもいるおじいさん、といった印象だ。上着から大胆な恐竜のプリントが覗いている。

「Tレックスだ」

「ぶほっ」

ゲイルが小声で耳打ちしてきた。人を着ている服にプリントされた動物で呼ぶんじゃない。

「なんやえらい賑《にぎ》やかにしとんな」

私を見て言ったらしい。サングラスとマスクを再び着けることにしたからだろう。

「そない言わんといたってえな、ちょっと人に言われて預かってますんや」

すこし話しぶりが違う。人によって話し方を変えているようだ。

「おう、ゲーム。久しぶりやんけ」

「ゲイルな。いつまで間違えてんだよ、ジジイ」

こっちは通常運転だ。

「まあ座れ座れ。安孫子もえらいの、その歳で厄裁師やんのはなぁ。ああ、マスター梅サイダーいれてんか。みっつや、みっつ。ここのな梅サイダーは自家製でこしらえた梅シロップ使《つこ》うてるさかいな、ごっつうまいんや」

「そんで、坂神《さかがみ》のおいちゃん。今度の厄霊わいや」

厄霊……前にも聞いた言葉だ。悪霊とは違うのだろうか。

「おおう、これがまたえらくてな」

偉い？

「大変って意味」

「ああ……なるほど」

私の心を読んだのかTレックスの関西弁をゲイルが解説した。

「あれはあかん。あかんもあかんわ、ほんっま……天下りのネズミは卑しいで。あんな物件、危ないって絶対わかってんのにやな」

天下りのネズミ？　一体誰のことを言っているのだろう。Tレックスは私の疑問も知らずポケットに手をつっこんだ。

写真をだす。茨木での件と同じ運びだ。

アビーはそれをパラパラと見ると溜め息を吐いた。

「ここ、先代が一回厄裁《バラ》しとる物件やで。なんでまた住まわせてるんや」

「これやがなこれ。あいつら蜜《みつ》吸うことしか考えとらんからな、借り手がえらいめ遭おうがおかまいなしや。あんなもん人間ちゃうでほんま」

坂神は片手の人差し指と親指で輪っかを作り『金』のジェスチャーをしながら話す。

アビーもそれには苦い顔で同調した。

「先代……」

厄裁師、先代、つまりアビーが担う『厄裁師』という仕事は世襲制なのだろうか。歌舞《かぶ》伎《き》役者や老舗《しにせ》店のように○代目厄裁師とか？

「組合は俺たちのことをあまり公《おおやけ》にしたくないんだよ。だから極力こそこそと仕事しなきゃならない。でもしっかりと結果をださないとうるさいし、自分たちの管理は杜撰《ずさん》だし、警察や企業とかわんねーでワロだろ」

ゲイルが水のグラスを揺らしながら小声で愚痴《ぐち》った。顔は笑っている。

「組合って前も言ってた。その組合の中に厄裁師って何人もいるの」

「バカ。いち都道府県にひとりが決まりだ。つまり俺たちは大阪担当」

なるほど。だから世襲制。誰でもなれる仕事ではないということか。

「こっちの仕事は組合からしかこないからな」

「じゃあパンサーも？」

「そうだな。もっとも、あれは組合に入りたてだから厄裁師に仕事を振るほどの権限はほとんどない。だから毒吸いの案件ばっかり持ってくる」

組合や厄裁師のことはふんわりとわかったが、毒吸いという新しい言葉については話してくれなかった。

「ほんで、こないなもんまででてきよってからに」

Tレックスはポケットから腕時計をだし、テーブルに置く。かなり古くて傷んでいるが、なんてことのない普通の腕時計に見える。

アビーはそれを手に取るとマジマジと見つめた。

「ああ、これはえらいな……」

「せやろがい。世知辛い話や。しかも厄者はまだ若《わっか》いでえ、高校生やからな」

アビーの横顔から表情がなくなる。これは……あの時、太野の仕事を聞いた時に見せた顔と同じだ。

だが今回は前の時よりももっと、無に近い。喩《たと》えるなら虚《きょ》。目から光さえ失うほどの虚無がそこにあった。

「うま。本当にうまいぞこれ。るるも飲んでみ」

「え……あ、うん」

ゲイルが梅サイダーを勧めた。まるでアビーから注意を逸らそうとしているようだ。

勧められるがままに梅サイダーに口を付ける。

爽《さわ》やかな酸味と優しい甘さが炭酸の刺激と共に体内に流れ落ちた。


一時間後、私たちは海のそばの街までやってきた。

生暖かい潮風が湿り気と共に出迎える。潮風にやられて、あちこちガードレールや手すり、看板などの錆びが目立つ。港《みなと》区辺りとはまた違う雰囲気だ。

以前もだが、霊媒師（おそらく坂神も）との打ち合わせはあっさりしている。十分か十五分ほど話して、さっさと現場に向かうのがセオリーのようだった。

駅から出て、すこし歩く。

平べったい土地に不釣り合いな巨大なビルやマンションが生《は》えている。静かなのにトラックがやたらと往来し、どこか殺伐《さつばつ》とした喧騒《けんそう》があった。

「あのマンションっぽい」

ゲイルがスマホのナビを見ながら指を差す。

緩《ゆる》いカーブを描くような形の白いマンションだった。階数は二十階ほどで、それほど高いほうではない。

「逃げるつもりだったろ?」

だしぬけに訊かれ、返答に迷った。その様子に事情を悟ったのか、ゲイルは「ま、そりゃそうか」と一定の共感を口にする。

「でも、るるが考えているよりももっとワロえない」

「笑えないって、なにが」

「そのまんま。でもな、るるはそれを受け入れるしかない」

「勝手なこと言わないでよ。そんなこと」

「そうなる。俺がそうだから」

食い下がろうとする私を無視し、マンションの玄関ロビーへ駆けた。

先に行って「ここの九階ね」とエレベーターの上ボタンを押し、階数表示のランプを見上げた。

アビーは喫茶店からここまで、ひとことも喋っていない。

私がアビーの仕事を勘違いしている……。アビーは頑《かたく》なに自分は祓い師ではないと言った。単に呼び方の問題かと思ったが、そういう問題ではないらしい。

わからない。『厄裁師』とはなんなのだ。

九階で降りる。ゲイルが先導し件《くだん》の部屋のインターホンを鳴らす。すぐに玄関のドアは開いた。あどけない顔をした少年が目を丸くして私たちを見ていた。

坂神が今度の『厄者』は高校生と言っていたのを思いだす。

ひらり、となにかが揺れた。首にストールを巻いている。首を覆うようにぐるぐるに。

「どうも。山嵜からの紹介で参りました。……ご両親はいらっしゃいますか」

「今、いないけど」

「そうですか。それは残念……ところで、君が修哉《しゅうや》くん?」

「そうですけど」

「聞くところによると、なんか変なことばっかあるっちゅうて」

修哉はうつむく。すこしの間、無言でいると「お祓いの人ですか」とか細い声で訊いた。アビーは「そうやね」とだけ答えた。顔は微笑んでいる。

「誰もおらんけど……上がってください」

「日を改めたほうがよければそないするけど?」

「いいんです。どうせ誰も帰ってこんし」

「それじゃあ、遠慮なく」

バリアフリーの取り組みなのか、三和土から廊下へ上がる段差がやけに低かった。奥へすすむとダイニングとリビングが現れる。家具の色がバラバラなのが気になるが、可もなく不可もなく……普通の家庭、といった様子だ。だがひとつだけ異状があった。

「なんか……焦げてませんか」

部屋に入ってからずっと、なにかが焦げ付いたような臭いがしているのだ。

「なにも焦げてないです。キッチン使ってないし。なぜかうちはいつもこの臭いがするんですよね」

「そうなんだ……」

私たちはあまりにもあっさりと、怪異の中心に足を踏み入れてしまっていた。

4

「すみません、これしかなくて」

修哉は紙コップでミルクティーを持ってきた。

「山嵜さんって、この間きたおばちゃんですよね。なんか中途半端で帰ったたって思ってたんです。自分じゃお手上げやってなって帰ったんかと思ってました」

「おばちゃん……？」

確か太野家で訊いた『山嵜』はおじさんだったはずだ。聞き間違いだろうか。

「組合の下見係だ。あらかじめリサーチしておいて本当に俺たちが行くべき案件かどうか判断してる」

ゲイルが小声で補足した。

「家族みんなでその役割をしているの？」

「あ？　なんだそれ」

「だって山嵜さんはおじさんだったりおばさんだったりするから」

「ああ、そういうことか。『山嵜』は役職の名前だ。何人もいるし、全員本名と関係なく『山嵜』を名乗る。わかりやすいだろ」

「へえ……『山嵜』さんじゃなく『山嵜』という係なんだ」

太野家にきた『山嵜』は男性で、ここにやってきたのは女性の『山嵜』だというわけか。

「まあ、そうやね。間違いやない」

だから僕がきたんよ、とアビーは落ち着き払って言った。

「あなたならどうにかできるんですか。なんか、そういう風には見えへんけど」

アビーは答えずただ微笑みを送る。修哉はアビーに一瞥をくれるとふふん、と鼻を鳴らす。首に巻いたストールの先端が揺れる。

「先に言っておきます。前のおばちゃんの時にも言うたんですけど、お金は払えませんよ。僕が頼んだわけやあらへんし、もしお金取るつもりやったら帰ってください」

「いえ、お代金はいただきません。僕たちは組合からもろてるんで。……しかし、お金がない、とは意外やね。結構ええマンションに住んではるのに」

「他人《ひと》のもんですよ。うちのやあらへん」

投げやりに笑い飛ばす修哉の顔には、そこはかとない厭世感《えんせいかん》が滲みでていた。怪異云々《うんぬん》以前に、訳アリの匂いがする。

というか、さっきからずっと修哉のストールが気になっていた。ファッションでストールを首に巻くのは別段珍しいことでもない。だが修哉のそれはオシャレとは程遠い、まるで包帯の代わりに巻いているようだ。

「複雑なご家庭、というわけでもあらへんよね。母子家庭やけども、それは今のご時世特に珍しいことでもないやろ」

「そうですね、母親がもう二週間帰ってきてないこと以外は」

ゲイルと私は顔を見合わせた。

ネグレクト……？

育児放棄と呼ばれ近年、社会問題になっているが高校生ぐらい大きくてもそれに当てはまるのだろうか。

「僕も別に困ってへんけど、こういう時におらんのは困るような気がします」

修哉は山寄が訪れた際もひとりだったという。生活費は定期的に振り込まれていて、連絡をつけようと思えば連絡できる。だが母に連絡したことは一度もない、と語った。

「おかんはこの部屋引っ越してきてすぐに帰ってこんようになって、たまに会うのも外。どこで寝泊まりしとるんか、知りたくもないから訊いてません」

「ここに越してきて五ヵ月くらいって聞いてるけど」

「はい。それで合《お》うてます」

つまり、五ヵ月の間、ほぼひとり暮らし。まだ高校生なのに……寮に入っているわけでも、孤児でもない。私は修哉を見て段々と悲しくなってきた。高校生だから、年齢的には私とそう変わらない。それなのに修哉は外の世界と関《かか》わろうとしない。たったひとりの実の母親とさえも。

孤独、という点で私は共感を覚えていた。

一番頼りたいはずの両親にすら会えず、私もずっと独りで過ごしてきた。このままシミが消えなければ、死ぬしかない。本気でそう思っていたのだ。

修哉の『誰にも頼れない孤独』は痛い程わかる。

私も、彼も、想像してしまっている。

ずっとひとりきりの自分を。

「越してきた最初から焦げ臭いな、って思うてたんです。僕、霊とか視えるタイプちゃうんですけどなんかすぐピンときました。ここ、おかんが付き合ってるひとの持ち部屋らしいんですけど、家賃タダでええってえらい羽振りええなって。まー……住んでみて納得です」

そう言いながら修哉は首に巻いたストールを解きはじめた。

その光景を、息を吞み見守る。するするとリボンをほどくように修哉の首が露《あら》わになり、言葉を失う。

修哉の首には真っ赤な痣があった。それも手の形……修哉の首を絞めるような形の痣だった。

「夜、ここで寝ると必ず首を絞められるんです。今でも週の半分は公園とか、ネカフェとかで寝てるんですけどさすがに毎日っちゅうわけにはいかんくて。日に日に絞める力が強くなってきてるし、そろそろヤバいなって思ってたところに——」

「山寄がきた、と」

修哉はうなずいた。

「あれって、一体どこから聞いてきはるんですか。僕、学校に友達もおらんから誰も知らんはずやのに」

ゲイルが「母親と一緒にこっちに越してきたから転校生なんだよ」と耳打ちして教えてくれた。部屋で孤立しているだけでなく、友達もいない。時間が経てば経つほど修哉の立場に共感を強めてしまう。

これだけ苦境に立たされているのに、怪異までが修哉に牙《きば》を剝《む》いた。

「ご近所さんや。君の様子がおかしいってこのマンションに住む霊能者が気付かはった。霊能者いうても民間霊能者。要は普通の人よりちょっと霊感強くて、ちょっと対処できる程度の人や。そこからその人づてに山寄まで辿り着いた」

そう言いながらアビーは坂神から預かった腕時計をだした。

「これは君のんかな」

「ちゃいます」

修哉はやけに食い気味に答えた。その態度から、それが彼にとって忌《い》まわしいものなのだとわかる。

「これ、もろた時はピカピカやったんちゃう？　だってこれ、ロレックスやで」

えっ！　思わず声にだし、口を押さえた。

ロレックスだと聞いて改めて見てみるが、やはりそんな風には見えない。そう思わせる理由は明白だ。あちこちが錆《さ》び、汚れている。ガラス部分もヒビが入り曇っている。辛うじて文字盤が青いとわかる始末だ。

「勝手にこないなったんやんな？　モノが急速に腐る、朽ちるいうんはよくあることや」

「おかんの男が勝手に渡してきよったんです。僕はそんなもんいらんのに、取り入ろうっちゅうんが見え見えでめっちゃキモかった」

修哉は眉間にしわを寄せ、言葉に怒りと寂《さび》しさを滲ませた。時計と引き換えに母親を奪われた気持ちなのかもしれない。そう思うと尖《とが》った声音も悲しく聞こえる。

「しかし、丈夫で精密が売りのロレさんがここまでなるとは、よっぽどやな」

「助かるんですか、僕。そんな風には思えへんのですけど」

結論を急ぐ修哉に、私は違和感を覚えた。なぜそんな風に自分の生死を訊けるのか。これではまるで難病に苛《さいな》まれ、死を待つ病人のセリフだ。

「なんや君、助かりたくないんか」

「もう、希望持ちたないんです。どうせ裏切られるし、期待したぶん疲れるやないですか」

「若いのにそない悲観すな」

「だって除霊すんのにお金いるいわれたらお手上げですもん」

「お母さんに連絡つくんやろ。連絡したら飛んで帰ってくるがな」

「帰ってこおへんかったらどないするんすか。そん時は僕、霊に殺される前にこっから飛び降りて楽になったりますわ」

「やめてよ！」

私は立ち上がっていた。全員が突然のことに固まり、私に注目している。

「見て、修哉くん」

顔を隠しているものを取る。修哉はわかりやすく目を剝き、息を呑んだ。

「なんやそれ……」

「これ、呪いなんだ。生きている誰かにかけられた、生きている呪いなんだよ！」

ふっと脳裏に莉歩の姿がよぎって消えた。

ゲイルが「お前――」となにか言いかけたが言葉を呑み込んだのがわかる。だがそれに触れる余裕はなかった。

黒い呪い。それに触れながら私は溢れる涙にも構わず詰め寄る。

「さっきから死んでもいい、死んでも仕方がないみたいなことばっかり言って！　私も裏切られたし、ものすごく疲れたよ！　なんで……なんで諦めるの？　まだなんにもしてないじゃん！」

修哉はどうしたらいいのかわからず、固まったままだった。ただ私の顔のシミに釘付《くぎづ》けになっているだけだ。

そんな修哉に私は自分を重ねた。何度も何度も諦めそうになった。だがそれは克服したのではなく、現在進行形なのだ。

今だってすこし気を抜くとすぐにすべてを投げだしたくなる。辛《つら》すぎる道のりに光が見えない。それでもファンやみんなを思い、奮起するしかなかった。

いつかあの輝かしい場所へ戻るんだ、という気持ちだけでここまでやってきた。

呪いがなんだ。そんなことで私の夢を奪えると思うな。強く念じながら、変化も前進もない二年間は長く、過酷だった。私の精神力を支えたのは、いつからかこの呪いのシミを消すこと自体になった。

それなのに自分よりも若い高校生が簡単に生を諦めるなんて許せない。私が許さない！

これは、修哉の形を借りた諦念《ていねん》だ。きっと私に立ちふさがり、なにもかも諦めさせるために存在している。いわば試練なのだ。糾弾せずにはいられなかった。なぜなら、目の前にいるのは私だ。もうひとりの私自身だ。

「だって……怖いやん」

「生きるのは怖いんだよ！　馬鹿にすんなよ！」

人差し指を突きだす。おー、とアビーとゲイルが歓声を上げ拍手した。

「ちょっと、茶化《ちゃか》さないで！」

「いや、この演説はマジで感動するやつ」

「全俺が泣いた！」

「え、うそ。こういうのって揶揄《からか》ったりしたらダメなシチュエーションだから！　映画とか漫画とかだと絶対、笑いを入れちゃいけないやつ……。この後アビーさんが、真剣なトーンで腑に落ちること言って締めるパターンの！」

「え……なにそれ……怖い」

「説教する役としてはスーツが自己主張強すぎだろ。ワロ」

「これ自己防衛な。言いたいことも言えないこんな世の中を乗り越えていかなあかんから、いわば武装よ武装。ほら、生きるのは怖いし」

「ポイズン！　ポイズン！」


バアンッ！


思いっきりテーブルを叩くと場は静寂に包まれた。アビーとゲイルも目を丸くしたまま固まっている。

「真面目にやろっか、アビゲイル」

目を丸くし、アビーとゲイルは何度もうなずいた。ゲイルがなぜかミルクティーに手を伸ばす。

「飲むな！」

ゲイルは黙って戻した。

「……はは っ！」

静寂を突き破る笑い声。振り向くと修哉が腹を抱えて笑っている。

「ひひっ……ヤバ、腹痛い……ははは……」

涙を流し、苦しそうに笑う姿を見てアビーが、遅れてゲイルが笑い声をあげた。

「ははは っ、アホや！」

「ちょ、俺、綾波《あやなみ》レイポジションだから笑わないんだけど、くくく」

なにがおかしいんだ。私は面白いことなどなにも言っていない！

「笑わないでください！」

「ひぃ～ひっひっひっ」

「ワロロー」

「はひー！ ぷっ、ははっ」

釈然としないまま私は座った。私だけが口を尖らせ、彼らが落ち着くのを待った。

「本題に戻そう」

笑いすぎて目が赤いアビーが改めてそう切りだした。言いたいことはあるが黙っていることにした。帰ったらグーで顔を殴ろう。

「さっきも言うたけど金はもらわん。慈善事業やないけどな、タダ働きちゃう仕組みがちゃんとあるから君は心配せんでええ。それとさっきるるも言うたけど、生きることをそない簡単に諦めたらあかんぞ。ええね」

「わかりました」

意識が変わったわけではない。だが、すこしくらい言うことを聞いてやってもいいだろう。修哉はそんな表情だった。

馬鹿笑いし合ったという、ほんのわずかな連帯感が彼をこちら側へ向けたのだ。

「ここにおるのはおそらく十年も経たん前に殺された女の怨霊や。君はこの部屋の過去をなんか知ってるんかな」

「調べるまでもない思うて、なんも」

「せやろな。せやけど知っといたほうがええ、この部屋は一度火事で燃えとる。ネットで事故物件サイト調べたら一発ででてきよる」

「殺された？　それじゃあ火事で死んだんじゃないんですか」

「撤回はせん。殺されたんや」

「火事で殺されたって言ったら放火しかないだろ」

あ……、声が漏れる。

すぐに部屋を見回した。散らかっているから気が付かなかったが、確かにマンションの外観と比べて壁紙や取り付けが綺麗だ。しかし、火事で殺されたといわれても仮に玄関付近で火がでたとしたら逃げられないだろうか。

確かにベランダから飛び降りればまず助からない。だがマンションなのだから間取りは単純だ。意識が明瞭《めいりょう》な成人が助からないイメージが湧かなかった。

「Tレックスの話だと普通の放火殺人じゃないんだってな。犯人は彼女をトイレに監禁したうえで火を付けた。当然、逃げられないようにしたうえで」

──そうか。最初から明確な殺意で相手を殺したんだ。

ならば合点がいく。他の方法ではなく、あくまで焼き殺すことだけを目的にしたのだとしたら逃げ場を奪うだろう。

イメージが繋がったのと同時にうすら寒さに震えた。トイレに閉じ込められたということは、つまりゆっくりと蒸《む》し焼きにされたということだ。そう、あのトイレで──。

目線は自然とトイレのほうへと向いた。

「死んで十年以内は怨念も新鮮やからね。干渉する時間が長ければ長いほど対象を弱らせることができる。そうしてじっくりと死に至らしめることができるんや。それも恨みと殺意が凄《すさ》まじい。生前から彼女は直情的な性格やったらしい。おそらく殺された原因も彼女にあるんやろうな。犯人が捕まってないんもまた念を強くしてる要因になっとる」

「犯人、捕まってないんですか！」

「そうや。なあ、そうやろ君」

アビーは急に修哉に話を振った。修哉はうなずいた。

「僕の首を絞める女の人、ずっと僕のこと犯人やと思ってる。そんで死ね、って……」

修哉は首の痣に触れた。無意識らしい。

炎の凄まじさと女の怨念が鈍感な私にも焦げた臭いを感じさせているのかと思うだけで、背筋が粟《あわ》だつ。人の怨念とは、これほどまで強いものなのか。

「ただ、普通はな、どんだけ怨念残して死んだかて個人の残滓《ざんし》が人をとり殺すほど強いことなんてそうそうあることやあらへん。病気にしたり、ちょっとした不幸を起こしたり、怪我させたり、家について行ったり……みたいなことはあるけど、死ぬまでに至ることは稀や。ただし、例外がいくつかあんねん」

「殺された霊……ですか」

「近からず遠からずっちゅうとこやな。殺された人間が恨みで生きてる人間呪う、みたいなんは確かにある。でも今回みたいな八つ当たりみたいな呪い方はちゃう。ここのやつは『この部屋に住むやつなら誰でも殺す』っちゅう固い意志を持っとる。そして、それを行使できるだけの力がある。なんで個人の悪霊でそこまでの力があるんか？　それはこの女が『生きてる時からヤバいやつ』やったってことや」

「生きてる時からヤバいやつ？」

「殺されたってひと口にいうてもいろんな理由や因果があるもんや。殺されるほうに問題があったケースかてようけある。けど不思議と人間はな、無意識に『幽霊になる人間は悲惨な目に遭《お》うたかわいそうな人』って先入観で見よる。ちゃうねん、『極悪人の霊』かておる。そしてそれは高確率で手の付けられん悪霊になる」

アビーは、具体例としていくつかの事件の名を挙げた。それはどれも昭和史、平成史に名を残す凄惨《せいさん》な凶悪事件だ。

「厄霊の歴史は古い。島原《しまばら》の乱とか戊辰《ぼしん》戦争とか厄霊がきっかけなんはあげたらキリないけどな、歴史的事件の裏に厄霊が嚙んでることも多い」

大悪人、極悪人の霊は厄霊……つまり災厄となり、さらに大きな怨念になろうとして人の命を食う。そんなものが私たちが知らないだけであちこちにあるというのか。

太野家がよぎり、あそこもそうだったのだと思うとやりきれなかった。

「想像してみ。こないな凶悪な事件を起こしよった人間が引導渡されて、逆恨《さかうら》みとも取れる憎悪でこの世に悪霊として残った。例えばそうやな、『俺が不幸なんは幸せなやつのせいや』とか。その憎悪を持って散々八つ当たり同然の悪事を働いて、最終的に誰かに殺されたとしようや。ほなら、こいつは殺されたことでさらにその憎悪を増幅させ、強い悪霊となる。これはもう普通の悪霊やない。なぜなら、生きてる時から罪悪にまみれとるからな。霊になって余計手ぇつけられんようになるねん」

ただし、この手のケースの悪霊は消滅も早い。三十三年を待たず、十～十五年くらいで怨念を維持できずに消えてしまうのだという。

「うっ……」

さらに焦げた臭いが濃くなり、思わず鼻をつまむほどだ。明らかに一段階、臭いが強くなった。

それはゲイルや修哉の反応を見ても確かだ。つまり、この部屋にいる悪霊がアビーの話に反応しているという証左だ。

「せやけどな、短命なはずの悪人の悪霊が永らえる方法がある。生きてる人間を取り殺し、その人間の霊を取り込み続けることや。そうすることで悪霊としての強さと寿命を延ばすことができんねん。悪霊に殺された人間はすべからくして悪霊の一部となる。そうやってごっつうなって手がつけられんようになった悪霊は、もはや怨霊なんて生易しいもんやない。僕らはそれを【厄霊】と呼んどる」

【厄霊】の話を聞き、太野家のケースが頭をよぎった。

あそこの悪霊は、四百年くらい前に虐殺されたキリシタンたちの怨念が集合体となって土地に居ついたという。状況は全く違うが、今回のケースは『はじまり』にすぎないのではないか。

「まあ、手ぇつけられんとかいうと語弊はあるけどな。実際は対処できる術者はおるよ。せやけど厄霊を浄化できるんは別格や。ある意味神格クラスやな。その神格クラスの術者っちゅうのは日本でもせいぜい数人……片手で数えられるくらいしかおらん。力を維持するための修行の時間も必要な上、常に案件を抱えとるしでまず一般人の依頼程度には降りてきたりはせん。だから僕みたいなもんがおるわけやけども」

散々、自分の家にいるのは手がつけられない【厄霊】だと聞かされ、肩を落としかけていた修哉だったがアビーが締めた『だから僕みたいなもんがおる』という言葉で顔を上げた。

「安心しぃ。君を絶望の中で死なせたりはせんで」

絶望の中で死なせたり……？　なんだか不思議な言い回しをした。

太野家でも同じような違和感を覚える言い回しがあった気がする。

「僕……生きててもええんですか」

「希望は捨てたらあかん」

涙目の修哉は力強くうなずき、アビーはその肩を叩いた。

アビーが自分は『祓い師』ではないと頑なに言い張った理由。それはアビーが【厄霊】専門の術者だからではないだろうか。誰の手にも負えない【厄霊】と戦う術者、だからこそ失敗＝《イコール》人の死が付きまとう。

汚れ仕事と自虐的に言ったのはこういうことなのか。

――本当にそうなのかな。

どこか引っかかる。ある程度当たっている自信はあるが、決定的ななにかを見落としているような……。

厄霊専門の術者で、人の死が付きものというだけで汚れ仕事と呼ぶだろうか。

「よし、せやったら僕らに任せてくれるか」

「お願いします」

修哉は改めてアビーに頭を下げた。アビーはまんざらでもない顔で「顔上げや」と言い、カバンから布に包んだ道具をだした。

「じゃあこっからは僕らの仕事や。悪いけど修哉くん、術式が終わるまで外におってくれんか」

「わかりました」

「それと、鶴の恩返しみたいなこと言うけど……術式中は終わるまで絶対に覗いたらあかんで。これだけは必ず守ってや」

――まただ。

太野家の時にもアビーは同じことを念押ししていた。

そういう決まりがある、ということなのだろうが実際に被害にあっている本人を同席させないのはどういう理由からだろう。厄霊は修哉を狙っているのだ。修哉もここにいるべきではないのか。

――やめよう。私みたいな素人が浅知恵を晒したところで意味ないよね。

邪念を振り払うように頭を振った。修哉は不安そうな面持ちを浮かべたまま、部屋をでてゆく。私たちはそれを見届けた。

「るる、今から僕らがやることを教えたる。ええね？」

「……はい」

いよいよだ。謎《なぞ》のベールに包まれていたアビーの仕事が明らかになる。私は固唾を呑んだ。

「今から僕は厄霊を守ります」

「そうですよね、修哉くんのために厄霊を……え、なんて？」

「厄霊や厄霊。聞こえたやろ」

喋りながら部屋の四隅《よすみ》を順に回り、一ヵ所一ヵ所印を結びなにかを唱えている。

再び中心に戻るとベランダのほうに体を向け、聞いたことのない経を唱える。

「……あれ、臭いが」

アビーが読経をはじめるのと同じくして、部屋中に漂っていた焦げ付いた臭いが澄んでいく。十分が経つ頃には完全に臭いはなくなっていた。

「あ～……こりゃまたすげぇな」

「せやろ？　割に合わんわ、ほんまに」

ふたりには何かが視えているのだろうか。

その時、ふと気配を感じて振り返った。部屋の窓から、黒猫がひょっこりと顔を覗かせている。

「ゲイル」

ゲイルがアビーの正面に背を向けて立つ。アビーはその背中に手を当て、再び経を唱えた。これもさっきとは違う内容のものだった。

再び見ると、黒猫はいない。偶然にしては頻度が高すぎる。

苦しそうなうめき声がして、咄嗟にゲイルを見た。

次第にゲイルの顔色が悪くなってゆく。アビーもまた額に脂汗を掻《か》き、苦しそうだ。

「ゲイル、大丈夫？　アビーさん、ゲイルの顔色が……」

「だあっとり。わかっとる」

アビーは尋常でない形相で読経を続ける。止めようもなく、私は立ち尽くすしかできなかった。無力な自分が歯痒《はがゆ》い。

経が終わると、ゲイルが崩れるようにして膝を突いた。

「ゲイル！」

「近寄るな！　俺の体に触るんじゃねえ！」

ゲイルの怒声に思わずたじろぐ。だが彼の顔は脂汗でぐっしょり濡れ、息をするのも辛そうだ。

「でも……」

「これはな、厄霊に落ち着いてもろたところなんや。僕は祓ったりはでけんから霊を浄化するんは無理や。やけど厄霊の活動を止めることにかけては、自信あんねん。っちゅうても一時的なもんやけどな」

ゲイルを案じる私の横で、自身も疲れ切った様子のアビーが話した。

「厄霊に落ち着いてもらうだけで、ゲイルに触れちゃだめなんですか」

「今は伝染《うつ》るから、触ったらあかん」

「伝染る？」

「ゲイルの体力と引き換えにして、ここにある怨念だけを吸収した」

「ちょっとなに言ってるか……」

見てみ、とアビーはゲイルの顔を指さす。

「よう見たらわかるわ」

言われるまま、ゲイルに近づいて顔を観察してみる。目の錯覚だろうか、黒や赤い痣のようなものがゲイルの皮膚の下を這《は》い回るように蠢《うごめ》いている。

「こ、これって」

「ゲイルが体内に吸収した呪詛や。体力と精神力を急激に消耗するからな、並大抵のやつじゃ真似でけん。時間をかけてゲイルはこれを鎮静化させよる」

「鎮静化ってことは、もう大丈夫ってことじゃないんですか」

アビーは首を振った。

あくまで数日から数週間、その場所を安全にするだけの術式だと話す。

「じゃあ時間が経てばまた修哉くんは……」

「ああ。また厄霊に苦しめられる」

「じゃあ意味ないじゃないですか！　……そっか、鎮静化している間に引っ越すとか！」

「土地についてる悪霊っちゅうんはその土地から離れ、祈禱《きとう》なんかしてもろたりしたらまあなんとかなるもんや。やけど厄霊はそういうわけにはいかん。目を付けたやつは絶対殺すマンになって自分の一部にしよう思いよる。怨念だけが極端に膨《ふく》れ上がって出来上がった代物やからな、容赦も同情もあったもんやない。そういうプログラムみたいなもんやと思えばわかりやすいか」

それならばアビーはなぜ厄霊の力を一旦《いったん》、止めたのか。曰く一過性のものであり、すぐにまた厄霊は修哉を襲う。ならばこの術式になんの意味があるというのだ。

「だから言うたやろ。厄霊を守るって」

そう言ってアビーは道具を包んだ布を解く。

「え、なにそれ」

布の上に並んだのはライター、小さな人形、お菓子、ペン——ほかにもハサミやビー玉など用途のわからない小物が多数あった。

「リブ」

「それ肉！　って、もう喋れるの」

ゲイルはうなずきもせず、胸を大きく隆起させている。まだ辛そうだ。

「オマエ、その黒いシミ……大きくなってないか」

「えっ……そりゃあ、最初に比べたら少し……」

少し、というレベルではないが。

「最初と比べて大きくなってるんだな」

「そう……だけど」

ゲイルは目を閉じると「そうか」とだけ答え、汗を拭《ふ》いた。

「なんなのよ、なんでそんなこと聞いたの」

「ハッキリさせたかったからだよ。でももういい、わかった」

「わかったってなにが――」

「アビー、待たせたな。もう大丈夫」

話を強引に中断したゲイルはアビーに向き合った。私もそれ以上食い下がるタイミングを逃してしまった。

「さよか、どれがええと思う」

私が想像していた重々しい道具とはかけ離れた品々を前に、あっけにとられる。

「この家散らかってるし、ペンとかでいいんじゃね」

「ペンな、んならそうしよか」

アビーはペンを取った。どこにでもあるなんの変哲もないボールペンだ。

「直しといて（片づけて）、これ」

アビーに従いゲイルは再び布を結びアビーのカバンに片づけた。

「るる。これこそが『僕らの仕事』や」

「これが……って、ペンをどうするんですか」

「これはこの家に置いていく。僕は厄霊側の人間や。人間から、厄霊を守る」

「だからそれは何を……」

アビーはゲイルと目を合わせ、小さくうなずいた。ゲイルが近づき、持っていたペンを受け取る。

『是ハ呪イシ、非ハ祟リシ、悪鬼夜行ノ往キ往キテ怨神《おんしん》ニ祈ルフ厄忌 禍《わざわい》キリト』

「がはっ！」

「ゲイル！」

突然、ゲイルが咳き込んだ。痰《たん》がからんだような、乾いた苦しそうな咳だった。

「がはっ、かっはっ……ごほっ！」

まるでひどい喘息《ぜんそく》にかかっているような、血を吐きそうな咳だった。にもかかわらずアビーは一切動じず、同じ句を唱え続けている。

「大丈夫なんですか、アビーさん」

「大丈夫やないけど見とけ！」

思わずたじろいだ。アビーが声を荒らげるのははじめてだ。

その時、不思議な現象が起こった。ペンを持つゲイルの右手に紫色の靄《もや》がかかり、やがて濃くなったかと思うと手先へと向かう。そしてペンにそれが集中したかと思うと、吸い込まれるようにして消えた。

目の錯覚ではない。間近で実際に起こったことだった。

「ゲイル！」

膝から崩れるゲイルに近寄ろうとするも、ゲイルは手を突きだして制した。

「触るな！」

「触るなって、今度のはなんなのよ！　鎮静化したんでしょ！」

「いいから触るな……今が一番ダメだ」

ゲイルが突きだした手を見て絶句した。

黒い……真っ黒だ。

いつもの無表情ではなかった。苦悶《くもん》に顔を歪《ゆが》め、汗でぐっしょり濡らした顔からは余裕が消えていた。

「今、触るとヤバいから……な」

黒く変色した手はマーブル模様を描くように濃淡がうねっている。さっきにも増して、皮膚の中でなにかを飼っているような異状ぶりだ。

私はゲイルの異状を目の当たりにして、既視感に襲われていた。

この黒いうねりを、私は知っている。無意識に顔のシミに触れた。

急に大きく広がり始めたこのシミ。私は凝視することを躊躇《ためら》っていた。前に一度、鏡に近寄り凝視したところ、蠢いているように見えたからだ。

私はそれを気のせいだと強引に片づけて、それ以降シミをよく見ることはしなくなった。あれが気のせいでないとわかるのが怖かったのだ。

そしてそれは、ゲイルの手のひらでうねる黒いなにかと酷似していた。

「ゲイルは【匣】っちゅう特異体質なんや」

「匣……って、なんですか」

「呪いに対し、異常に耐性のある人間のことをそう呼ぶねん。ゲイルはその中でもかなり強力でどんな強い呪いに触れても絶対死なん」

「それってどういうことですか……耐性って……？」

「厄裁師の仕事は匣とセットやないと成立せん。せやな、ゲイルが『蛇口』で僕が『水道管』みたいなもんや。循環させたり、行き先を管理《コントロール》するんが僕。それを外にだすんがゲイルや。まあ、彼の場合は単独で吸うこともできるけどな。ただし、僕らが扱う人はキレイな水やない。悪意の籠《こ》もった汚水や。謂わば【毒】と同じ。呪いは呪詛《どく》や」

そうは言われても【匣】がなんなのかという答えに対してはまだ理解が追いついていない。ゲイルは呪いにかけられていないし、厄霊に触れてもいない。それなのになぜあんなにも苦しんでいるのだろうか。

「人を呪わば穴二つ、っちゅうてな」

「人を呪わば穴二つ？」

「誰かを呪うからには棺桶《かんおけ》は二つ用意しとけっちゅう諺《ことわざ》や。相手と、自分の分。術式は他人に見られたらあかん。もしも見られたら全部撥《は》ね返ってきよる」

「撥ね返る？」

「特に厄に憑かれてるやつに見られたら致命的や。だから覗いたらあかんって釘刺すねん。それで新しい呪詛《どく》を置いておく」

「わかりません。新しい呪詛ってなんですか？　一体ゲイルはあのペンに……」

「あとのことは帰りに話すわ。術式が終わったらすぐに現場から離れるのが鉄則やからな」

納得がいかない説明に不満を漏らそうと振り返ったが、私は言葉を失った。

汗でびっしょり濡れたアビーの顔は青白く、まるで貧血患者のようだった。

「アビーさん、大丈夫なんですか」

「とにかく、修哉くんを呼んできてくれ。術式は無事終わったってな」

修哉が部屋に戻り、私は思わず声を上げた。

「く、首」

指を差すと修哉は首に触れた。触れただけではわからず、洗面所へと走った。

「な、ない！」

修哉は再び戻ってくると興奮気味に首を摩《さす》りながら声を震わせた。

「首の……首絞められた痣があらへん！」

アビーは「まあ、そういう術式やったから」、と飄々《ひょうひょう》と答えた。

「ずっと……消えへんかったのに。それどころか、日に日にひどくなって……ストールでも巻かんとあかんくらい」

信じられない、といった様子だった。私もその姿を見て感極まりそうになる。

あんな風に、私のシミも消えたらうれしいな。太野家の一件から間もないのに自分のことばかり考えてしまう自分に気づき、心で責めた。

「臭いも消えたやろ」

「ほんまや、うそ、信じられへん」

「全部ほんまやし」

アビーの言葉に振り向いた修哉の顔にはこれまでになかった明るさが宿っていた。初めて見せた高校生らしい若く瑞々《みずみず》しい笑顔だった。

「修哉くん……」

人はやり直しができる。悩みや痛みを克服した時、本来の自分が解放されるのだ。修哉の顔はそのすべてを物語っていた。この燦々《さんさん》たる表情が修哉の貌なのだと。

「よかったね、修哉くん。おめでと……」

一時間前なら私の言葉にさえ文句をつけていただろう修哉は、素直にうなずいた。はにかんだ顔に、こんなにかわいらしい少年だったのかと改めて知る。

「それだけ毎日不安で怖かったってことだよ。ワロ」

「今、ワロって言うところじゃないから」

そっか、とゲイルは言って部屋からでた。アビーもそれに続き、私を呼ぶ。

「ほいじゃ、一件落着っちゅうことで。あんじょうに」

「これで終わり？　帰ってまうんですか！」

修哉が去ろうとするアビーを引き留めるように声をかけた。アビーはにこりと笑い、

「飛ぶ鳥跡を濁さず、言いますから」とだけ残し、部屋をでた。

「あ……ありがとうございます！　僕、頑張ります！」

振り向かず、靴を履きながらアビーは手を振った。修哉のかしこまったお辞儀の、頭のつむじがこちらを見送っている。

術式を終えたらダラダラと留まらず、すっと去る。鉄則とは言っていたが、アビーの美学を感じた。

「これで厄裁完了、ですね」

言葉をかけながら、靴ひもを結び終えたアビーの顔を覗き込み、息を呑んだ。

「アビー……さん？」

アビーの貌は虚無だった。

「まだ完了しとらんよ」

5

「アビーさん、私疑っていました。すみません」

マンションをでたところで私はアビーに謝辞を告げた。

ゲイルもアビーも黙って駅へと歩き、返事はなかった。

「私なんかがこんなこと言うのも生意気だと思います。でも言わせてください。アビーさんは悪くないです。太野さんのことは私も驚いたし、痛ましいことだと思います。正直まだ全然消化しきれていないし、しえちゃんのこれからを思うと目の前が真っ暗になります。けど、それ以上にアビーさんたちは誰かを救ってきてるんですよね。修哉くんみたいに！」

依然、私とふたりの間では極端な温度差があった。アビーは喋らない。貌も虚無のままだ。見かねたゲイルが呼びかける。アビーは立ち止まった。

「あそこの公園、行こか」

指さした先に海が見渡せる公園があった。無言で公園に向かうアビーたちについてゆく。

生温《なまぬる》かった潮風がひんやり冷たさを連れて吹き抜けてゆく。

広がる海の先に草木のように生えるビルが見えた。あそこはどの辺にあたるのかな、アビーが口を開くまでの間、私はそんなことを考えたりした。

「あの……アビーさん？」

海を見たままなにも話そうとしないアビーに痺《しび》れを切らし、私のほうから切りだす。

するとゲイルがちょうど自動販売機で人数分の飲み物を買って戻ってきた。

「るるは甘酒だよな？」

「絶対違う」

甘酒と言いながらゲイルはカフェオレをくれた。アビーとゲイルは振って飲む炭酸ゼリー飲料だ。

「ありがとう」

プルタブを起こし、カフェオレを口に含んだ。最初に甘み、遅れて苦みが訪れ、コーヒーの香ばしさが鼻に抜けてゆく。この甘さが疲れに沁《し》みた。

「『厄裁師』はな、厄霊専門の術者や」

脈絡もなくアビーは語り始めた。急な独白につい背すじを伸ばす。

アビーは缶を振らないまま続けた。

「まあ、そこまでは知っとるわな。んで、さっきの続きや。僕はこない言うた。『僕らは人間から厄霊を守る側』やって」

「言いましたけど、それはなにか意味があるんですよね」

「意味なんかあらへん。読んでそのままや。僕らは人間のための存在やない。あくまで厄霊をこれ以上大きゅうせんための装置や」

「厄霊を大きくしないための装置？　厄霊を鎮静化するという意味ですか？」

「ちゃうよ。厄霊の力を一時的に止めとるけど、根本的にちゃうねん」

「でも現実に修哉君は――」

「あの子は今月中に死ぬ」

「し……えっ？」

突拍子もない返答にうまく言葉がでない。冗談にしてはたちが悪い。

「どんな死に方するやろうな。でも少なくとも火にまつわる死に方はせん」

「あー……多分、交通事故とかだと思う」

ゲイルが口を挟んだ。アビーはともかくとして、なぜゲイルが死因を断定できるのか。

それ以前に修哉が死ぬ前提で話を進めていることに私は強い不快感があった。

「もうやめてください。そうやってまたふざけてるんですよね。なんというか、大阪のノリっていうのが私はよくわからないんで」

修哉の部屋で大笑いされたことを思いだし、これはその延長上の寸劇なのかと思った。

「どない思おうがええねん。修哉くんは死ぬ」

「死なない！」

私は叫んでいた。冷静になりようがない。

涼しい顔で喋っているが、この話の本題は『厄裁師という仕事について』のはずだ。それがなぜ修哉が死ぬという話になるのか。

だがそんな論点のズレよりも、たった今笑顔を取り戻したばかりの少年に対し、あまりにも軽々しく死を持ちだしすぎだ。

その無神経さ、人間味のなさに私は感情が抑えきれなかった。

「修哉くんが死ぬ？　だったらなんで救ったんですか！　わざわざ希望を持たせておいて死なすってことですか？　それって死期が迫った病人に告知しないで助かるって騙しているのと変わらないじゃないですか！」

「喩えがまわりくどいわ。あんな、るる。勘違いしたらあかん。僕らは『祓う』ことを仕事にしてへんねん。それやったらその専門家が行く」

「専門家が対処しきれない厄霊が相手だった時が俺らの出番」

「僕らがしたんは『呪術《じゅじゅつ》』や。呪いを込めた呪具を身近なところに置いて、彼を呪った」

「ペン置いてきたろ。前に東大阪で呑んだ『呪詛《どく》』をあれに込めてきた。ペンを触媒にしてあいつを呪ってる」

ゲイルは呪詛を呑む行為を『毒吸い』と言った。Tレックスと会った時にその言葉を使っていたことを思いだす。

「わけわかんない！」

「わけはわかるやろ。ええか、人間じゃどうにもでけん厄災と同じや。例えば大地震。例えば山滑り。例えば台風。君はこれらの災害に人ひとりが立ち向かえると思うんか」

「喩えが極端ですよ！　そんなの、自然災害じゃないですか！」

「自然災害やっちゅうとんねん！」

アビーは声を荒らげた。気迫に圧《お》され、私は言葉に詰まった。

言ったあとで我に返ったアビーは小さく「すまん」と謝ると、深呼吸をして話を続けた。

「『人の力ではどうにもならん』という点では自然災害と厄霊は同じじゃ。同じに思えん気持ちはわかるけどな。厄霊は人の死で力が加算されていきよんねん。単純な足し算で喩えると、もともとはひとつの怨念やったものが、その怨念により死んだ人間が新たな怨念として加わる。つまりこの時点でひとつやった怨念がふたつに増える。そしたら単純に怨念のパワーも倍加するわけや。生きている人間が妬《ねた》ましい。恨めしい。それがまた次の犠牲者を生み、また怨念が大きくなり悪霊が怨霊となる。そうやって巨大に強大になりすぎたのが厄霊。っちゅうてもこれは最もベタなケース且《か》つ、簡単な解説やけど。まあ、これが君が思っている以上の規模やと思ったらええわ。じゃあ、修哉があの部屋に住まう厄霊に殺されたら、どないなると思う」

「……答えたくありません」

「わかっとるやろ。殺された修哉は厄霊の怨念となってさらにごっつうなりよんねん。酷な言い方やけど、厄霊に目をつけられたら最後、修哉が死ぬという結末は不可避。どないしても救う手立てがない。それを大前提とした時、君やったらどないする」

「そんなのずるい！」

言い返す言葉が見つからない。幼稚な言葉で責めることしかできなかった。

「それやったらせめて、厄霊が大きゅうならんよう死んでもらうしかないやろ。でも死んでもらういうても、どうする？　誰かが修哉くんを殺すんか。誰がや？　君か。それとも家にも帰ってこん母親か」

「だから代わりに自分がやってるっていうんですか」

「アビーは俺の体内から『呪詛《どく》』を取りだす。俺は吸うことはできても吐くことは苦手だ」

「呪詛を溜めるだけ……」

「だな。厄裁師は匣から呪詛を取りだし、人だったり物だったりに移すことができる」

「待ってよ！　だったら修哉くんの呪詛を吸ってあげたらいいじゃない！」

私の怒りはもっともだ、と言いたげな沈黙があった。すくなくともそれは図星だからではない。

「あのな、るる――」

「僕が話す」

ゲイルが言いかけたのを制し、アビーが引き取った。

「それができんねやったら厄裁師はいらん。厄霊のそれは呪詛やない。マグマみたいなもんや。触れたら即死。呪詛のようにじわじわ死に向かっていくもんやない」

「話がおかしいです！　そうだとしたら修哉くんはもう死んでないと……」

「もう死んどる。どないしても死は避けられん以上、あれを生きてるとは言えん」

言葉を失くした。

なんて非道な言い方をするのだ。修哉は間違いなく生きている。今を生きているのに、死人？　冗談ではない。

「僕たちが吸うことも吐きだすこともできん存在。それが厄霊や。そして厄霊は対象をとり殺すたびさらに強大になりよる。それを食い止めるんが僕らの仕事や」

「……でも死ぬんですよね」

「もう死んどるも同じやからな。僕は厄霊の力を一時的に止めて、ゲイルから『厄霊ではない呪詛』を置いていく。そないなると、彼の直接的な死因は僕の呪詛や。厄霊で死んだんとちゃう」

「結果、厄霊を今以上大きくなることを阻止できる」

「だから僕らは人間から厄霊を守ってんのと同じや」

「そんなの人殺しと変わらないじゃない！」

「やから……汚れ仕事やっちゅうたやろ」

アビーの顔に翳《かげ》りが差した。自分の仕事を頑なに汚れ仕事だと言っていた理由がわかった。だが私も今更止まれない。

「もっと別の方法があるはずですよ！　例えば……例えば……」

でてこない。一体どうするのが最善なのか。どうすれば誰も死なないのか。きっと答えはあるのだ。長い歴史の中で、アビーは自分がそういう役割の人間だと疑ってもいない。だから別の方法を考えたことがない。そうに決まっている。

でも、私にはなにも思いつかない。

「修哉くんは死なない、絵里さんだってあんなことにならないで済んだはず。きっとなにか……なにか方法が……」

力いっぱいに握りしめたカフェオレの缶の上に涙が落ちた。

そんな悲しいことがあっていいわけがないのだ。死ぬことを前提に、別の方法で死なせる術師なんて、そんな悲しい存在があっていいわけがない。

そんなのを認めてしまえば、私は……アイドルどころか普通の人に戻ることすらできない。

「必要悪っちゅうのがある。肝心なんは、それが誰にとって必要な悪かっちゅうことや」

「……必要悪なんて言わないで」

力が抜け、地べたにへたりこんだ。コンクリートの地面が冷たい。

このまま冷気がつむじを抜け、凍り付いてしまうような気さえした。

「俺は【匣】。体内にさまざまな毒を溜めることができる。俺は匣の中でもかなりの逸材でね、無尽蔵の許容量を誇る。超でっかいバケツみたいなもんだな、ワロ」

「教えて。私のこのシミも『呪詛』なの」

さあね、ゲイルはそっけなく答えた。

「私のこれもそのバケツに入る？」

「無理だ。オマエのは呪いじゃない」

「じゃあ、なんなの。呪いじゃないなら、なんで私を留まらせているの」

「リブ、それはまだ知らない方がいいと思うぞ」

嘘ばっかりだ。呪いじゃないなんて見え透いた嘘を。だったらなぜこれが大きくなっていないか確認した？　今の話からすると私の体内の呪いが拡大しているからではないか。ということはこれがいっぱいになれば、私自身が呪いの塊《かたまり》になる。

きっとそういうことなのだ。だからふたりは阿南の真意をわかっていながら、それを口にだせない。そして外にもだせない。なぜなら――

「阿南さんが私をここにやったのは……厄裁するため？」

「違っ……おい、るる！」

答えを聞くのが怖くて、私はその場から逃げだした。

もうそれしかないじゃないか。私がわけもわからずアビーに押し付けられた理由。太野のように、修哉のように、私を安楽死させるため。

死が不可避なら、もう二度とあの場所になんか立てない！

「でも、ひとつだけ……ひとつだけ！」

噴きだしているんじゃないかと思うほどとめどなく溢れる涙を拭《ぬぐ》い、私は走った。ひとつだけ、私には希望があった。

きっとこれが唯一、私ができること。厄者と呼ばれる死を約束された修哉が死なななければいい。私が死なせない。

「諦めない……絶対、絶対に！」

修哉が死ななければ、私だって死なない。夢を死なせてたまるものか。

私は自分の力でＮＥ×Ｔのセンターを摑み取ったのだ。できないことなんてない。

6

翌朝、私は再び修哉のマンションのそばにいた。アビーたちと離れてから、近くのホテルに泊まり、そのままここへやってきた。

帽子とサングラスを新調し、悩んだがマスクはしないことにした。できるだけ不自然じゃない恰好で、マンションの下で修哉を待った。

ゲイルは修哉が交通事故で死ぬだろうと予言した。その予言が当たらなければ、新しく付与したという呪いが成就せずとも救える――かもしれない。

あとは修哉をマンションに近づけないよう工夫すればいい。

引っ越しする予算がないと修哉は話したが、逆をいえば予算さえあればなんとかなるかもしれない。

アビーは絶対に逃れられないと言ったが、私は信じない。

『どうせアイドルに復帰するなんて無理』

一度、それが心に居ついてしまった時点で終わりだ。もう二度と、ファンの前に立てない。シミを消してくれるのだと信じて耐えてきたが、それももう終わりだ。

私は私のやり方で修裁の件を解決して、シミを吸わせてやるんだ。

その時、黒い影が私のそばを横切った。咄嗟に振り返る。

影はこちらを向いたまま後ろ歩きのような恰好で遠ざかっていった。

「ここのところ見てなかったのに……」

鼓動が高鳴る。強烈な違和感があった。

そういえばなぜここしばらくはあんなに頭を悩ませていた影を見なくなったのだろう。

顔のシミの拡大も収まっていた。今日はどうなのだろう、ちゃんと見ていないのでわからないが、広がっているような気がしてきた。

思えば黒いシミが広がり始めたのと黒い影を頻繁に見るようになった時期は同じころだ。それが大阪にきてからは、いや Bar. SAD にやってきてからは収まった。

「もしかして、アビゲイルのせい……？」

彼らと離れてから急に視えるようになったとすれば、私は守られていたのだろうか。あの店に、アビゲイルに。

……違う。アビゲイルは私を厄裁するつもりだったのだ。守る道理がない。

目を覚ませ、と頬を叩いた。

そうしていると修哉が現れるのが見えた。

「修哉くん」

「あれ、確か……」

「アビーじゃなくて、安孫子さんの付き添いをしていた瑠璃丘類依っていいます」

「瑠璃丘さん、どうしたんですか一体」

そんなことよりも『るる』って呼んで、と話すと苦笑いをされてしまった。

「ええっと、アビーさんから、まだ完全に浄化しきれていないから、しばらく見守ってやってくれって頼まれて」

もちろん方便だ。今は怪しまれずに近づくことが重要だった。

「完全にって……そこまでしてくれんでいいのに。お金も払ってないし」

「それは大丈夫だって、安孫子さんも言ってたじゃん！　とにかく、通学の時はそばにいさせてほしいの。それと家に帰ったら外にはでないでほしいんだけど……」

こうするしか方法はない。こっそりとひとりで見守り続けるのは不可能だ。本人に協力してもらうしかない。これならば、ひとりでやるよりもずっと監視が行き届くようになる。

「外にでないでって言われても……。いくら浄化してくれたっちゅうたかて、あの家に一日中おるんはしんどい」

「わかる。怖いもんね、でも外は外で危険だから」

「なんで外が危険なん。どっちかっちゅうたら家におるほうがあかんのちゃうんですか。僕の家に居ついてる霊のせいなんですよね？」

「悪いようにはしないから、私の言うことを聞いてほしいな」

核心を衝く修哉の言葉に私は焦った。咄嗟に上手《うま》く言い訳ができずしどろもどろになってしまう。

「僕を見守るって、なんで安孫子さんもあの外国人の人もおらんのですか」

「だから安孫子さんは忙しくて……」

「僕死ぬとこやったんですよ、あのまま放っておかれたら。やけど浄化して大丈夫なったっちゅうといて、るるさんがひとりで見守りにくるっておかしないですか。ほんまは……」

そう言うといて、完全に浄化してほしかったら追加料金とかいうんちゃうでしょうね」

修哉の目つきが変わった。初めて顔を合わせた時の、誰も信用しないという懐疑的な目だ。焦げた臭いも首の痣も消えたが、だからといって彼の生活が変わるわけではない。

母親は帰ってこないし、友人もいない。孤独なのは同じだ。

そんな中でいつまでも修哉が生を繋ぎとめたことを喜ぶとは限らない。

むしろ、死にかけたという自覚がない以上、警戒心が再燃するのは当然だ。

「違う！　本当は私、君を助けたくて」

「助かったんちゃうんですか！　またや、また嘘ばっか……」

しまった。

怒りに触れてしまった。

「もうええんです！　僕にかかわらんでください！」

「待って、そっちは！」

ダメ！　咄嗟に叫ぶ。修哉は露骨に不快感を示し、立ち止まった。

「今度僕の前に現れたら——」

ギィーーッ！

空をつんざく甲高い音が修哉の声を掻き消し、次の瞬間凄まじい激突音とクラクションが木霊《こだま》した。

「修哉くん！」

修哉は前屈《まえかが》みに膝を突いていた。すかさず駆け寄り、無事を確認するがショックで顔から血色が失《う》せていた。

「しっかりして！　大丈夫なの？」

小刻みに震え、目の焦点は合っていない。埒《らち》が明かないと体中を観察したが、目についた傷はかすり傷程度のようだ。

私は激突音がした方を振り向いた。セダン車が雑居ビルの一階店舗に突っ込み、ボンネットは粘土細工のようにひしゃげ、煙を上げていた。途切れることなく一定に鳴り続けるクラクションが運転手の異変を告げている。

たった今、修哉のそばを猛スピードで横切ったのだ。

通行人がざわつき、たちまち辺りは混沌《こんとん》とした。スマホで撮影するものと電話するものがあちこちで騒ぎ、誰かの怒号が響く。

すこしして騒然とする現場にサイレンの音が近づいてきた。

「あ……え……？」

「大丈夫、もう大丈夫だから」

もしあの時、修哉が立ち止まっていなかったら、目の前で死んでいた。

――『あー……多分、交通事故とかだと思う』。ゲイルの言葉がよみがえった。

「おい、怪我はないか！」

通行人の誰かが修哉に気付き、駆け寄ってきた。救急車を呼んでほしいと頼み、私は修哉の背を摩った。救急車が到着するまで、彼が現実に戻ってくることはなかった。

幸い、修哉は腕と頬にかすり傷を負った程度で済んだ。事故を起こした運転手も大きな怪我はなく、被害は最小限にとどまった。

二時間も経った頃には修哉も正気を取り戻し、普通に話せるほどには回復した。

「るるさん、ありがとう。僕、めっちゃ邪険にしたのに」

頬に貼《は》ったバンソウコウを摩り、珍しく殊勝《しゅしょう》さを見せた。

「嘘じゃなかったでしょ」

修哉は素直にうなずいた。これまでと違って直接的な死の危険が鼻先を掠《かす》めたのだ。信頼を得るには充分だった。

私は誇らしかった。自分が誰かの命を救ったのだ。

それは、アビゲイルのできなかったことでもある。運命は、変えられるのだ。

「るるさん、僕と友達になってくれへん」

言いにくそうにぽつりと発した言葉。聞き逃しそうになって思わず修哉を見た。

修哉は見たことのない表情を浮かべ、うつむいている。照れているようだった。

「友達？　いいの？」

予想だにしない返事だったようで修哉はうつむいた頭を咄嗟に上げた。友達になってくれと言ったのは自分のほうなのに、なぜ？　という顔だ。

「いいの？　って、なんでそんなん訊くん」

「だって、私……こんな顔なのに？」

「関係ないやん、そんなん」

「ほんまに？」

「関西弁なってるで」

この顔になってから、初めての友達だった。アビーもゲイルも友達というのとは違う。

「うん。友達……なろう！　私たち、友達だ」

修哉の手を握る。温かな体温が掌から伝わってくる。人は、こんなにも柔らかく、もろい。

「だからこっそり監視せんで、家で遊んでや。そのほうがええし」

願ってもない申し出だ。これがもっとも自然で無理なく修哉を監視できる。

「うん！　でも代わりに私の言うことも聞いてほしい」

「わかった。僕も家からでんようにする」

「そうしてくれると嬉しい」

心強かった。修哉を守っているつもりで、守られているような気さえする。私はこれで強くなれる。

「そうだ、あのペン……」

ゲイルが修哉に呪詛を付与した際に、媒介させるために置いたペンの存在を思いだした。

「これ、昨日忘れたんだ」

私はペンを処分した。

それから数日、修哉は宣言した通り通学以外で外にはでなかった。夜は家でゲームをした。食事も私が調達した。

キッチンがあるから料理したほうが安くつくと修哉に提案されたが、私はカップ麵《めん》しか作れない。ペヤング超大盛やきそば大好き。

その事実を隠すため、キッチンは神聖な場所だから家族以外の私が立つことができないと強めに言った。

だがいくら私が家に入り浸ろうとも、修哉の母が帰ってくることが最善なはずだ。本来、修哉を守るのは私ではなく母親なのだ。

あの事故以降、通学で危ない目にも遭っていない。

修哉には今日だけ用事があると言って、母親を訪ねることにした。そして修哉が今置かれている状況を説明すればきっと帰ってきてくれるはずだ。

私は修哉から聞きだした母親の番号に電話をした。

7

修哉の母親は宗右衛門町《そうえもんちょう》のラウンジで働いていた。

意気揚々とやってきたが夜を闇《やみ》にしない電飾と看板の雨の中に立たされた時、怖気づきそうになった。

ここは大人の遊び場。私のような子供が足を踏み入れるべき場所ではなかった。

「そんなこと言ってられない」

自分を奮い立たせる力に逆らってはいけない。こんなにも能動的に行動できたのは、アイドルの頃以来だ。なんだか懐かしさすら感じる。

あの時は怖いものなんてなかった。誰が見ていても、誰が悪口を言っても、いつだって全力をだした。そう、全力をだすことなど容易《たやす》いことだ。

修哉の母親が働いている店へと向かう。母親は私の電話を実に迷惑そうに受けた。修哉の苦しみを見てみぬ振りをしているのが声から伝わった。

だが生活費を渡しているということは、どうでもいいと思っているわけではない証拠だ。きっと彼女もどうすればいいかわからなかったに違いない。修哉の母親もあの部屋に棲みついていた厄霊の存在に気付いていないはずがないからだ。

しかし修哉の母親にどう話をつければいいのだろう。やはりストレートに伝えるしかない。

『修哉くんには母親《あなた》が必要なのだ』……と。

決意の言葉を掌に書き、×で消して飲む。莉歩から教わった緊張を消すおまじないだ。

目の前に母親の勤める店がある。この階段を上った二階がそうだ。

階段の壁にホステスの写真パネルがいくつも貼ってある。名前はパールだのサファイアだの宝石の名前がついている。メリハリのありすぎるドギツいメイクが本来の人相を消していた。すくなくともこの中のどれが修哉の母親かは全く見当もつかない。

「君かわうぃね、グラビア興味ないですか。大丈夫、変なことしないから」

「へっ」

突然頭上から降ってきた脈絡のない言葉に顔を上げると、階段の上でアビーが仁王立ちで見下ろしていた。

「ちょっとだけ肌見せるだけやから、肩をちょっと。あと、できたらブラ紐《ひも》とかね」

「アビーさん！　どうしてここに」

「それAVのスカウトマンの常套句《じょうとうく》やがな！　って突っ込めや」

二段ほど下りてアビーは私の腕を摑んだ。痛いほどその力は強い。

「帰るで」

「ダ、ダメです！　私は修哉くんのお母さんに会うために」

「ここにはおらん」

「どうしてですか！　放してください、修哉くんにはお母さんが必要なんです」

「心配せんでも、母親は今修哉くんと一緒や」

「えっ……どうして……」

ふと気が抜けた隙を衝いてアビーは一気に私を引っ張って駆け下りた。

「痛いですよ！　アビーさん、放してください！」

「あかん。今、放したら君は修哉くんのところに行くやろ」

「いけないんですか！　事故から守らないといけないんです！　それにはお母さんの助けが――」

「あの子は死んだ」

「死ぬわけないじゃないですか！　今日だって元気だったし、家の外にはでないって約束してるんですから！　アビーさんらしくないですよ、下手な嘘吐いて」

「事故やない。焼死や」

暴《あば》れる腕が、体ごと固まった。言っている意味が理解できなかった。

おかしいのはアビーのほうだ。

「君がくる少し前、修哉くんの母親のところに電話が入った。警察からや。マンションの部屋が燃えとる。すぐ帰ってこいっちゅうてな」

「え？　……え？」

「わからへんやろ。なんで？　ってなるやろ。君は修哉くんをゲイルが付与した呪詛から守った。知らんけど、一回や二回、窮地を救ったんちゃうか？」

「そうですよ！　修哉くんは死にかけた……けど、助かったんです！　でも安心できないから家からでないでって……あっ」

「家にはなにがおるんか忘れたんか。呪念で死なれへんかったたってことはまた厄霊が殺そうとしよる。だから火事になったんや」

「そんな、嘘……嘘ですよ。嘘よ、そんなの！」

「修哉くんの死は決まっとった。それは君のせいやない。せやけど厄霊によって殺されたんは君のせいや！」

「違う！　だってアビーさん、嘘吐いたもん！　大丈夫じゃないのに、死ぬってわかってるのに修哉くんに嘘吐いたもん！」

「どこの世界に自分が死ぬってわかってて正気でおれるアホがおんねん！」

「……っ！」

「ええか。死は免《まぬが》れん。でも厄霊に取り殺されるのに怯えて残りの人生を生きるのと、生きることに希望をもったまま死ぬんと、二者択一でどっちかしか選ばれんねんやったら、君やったら怯えて死なすんか」

「そんな……そんなの絶対間違ってるよ……間違ってるもん……」

「人間なんて、ある日突然パッとおらんくなるもんやねん。いつもあった日常が、命が突然なくなる。それは事故かもしれんし、病気かもしれん。でもな、明日も同じ日常が続くと思いながら逝ったほうがせめてもの幸せちゃうんか。耳触《みみざわ》りの悪さで呪死があかんって思い込んだだけやろ！」

頭が真っ白になり、視界が歪んで滲み世界がたちまち曖昧になってゆく。体中の力が抜け、糸の切れた人形のように私はその場にへたり込んだ。

火事で死んだ？　私のせいじゃん。私が事故を回避したから。

「厄霊は修哉くんを取り込んで、修哉くんも厄霊になっちゃったってことですか」

アビーは答えない。雑踏の喧騒が遠ざかる。私の耳は聞きたい言葉だけを聞くため、閉じてゆく。

「どうなのよ！」

「せや。修哉くんは、厄霊としてマンションのあの部屋に棲みつくことになるやろう。ずっとな」

「会いに行く」

「待てぇ」

立ち上がろうとするのを上から肩を押さえられ阻まれた。

「無駄や。鎮火はしとるがあのマンションに行ったところで入られへん」

「黙って！　そんなわけない。だって元気だったもん。友達ができて……嬉しかったんだから」

「行くな。僕が許さへん」

「そんなの……私のせいじゃないですか！　全部全部全部私のせいだ！」

アビーは答えなかった。それが優しさなのか、冷たさなのか、私にはもう判断できない。ただ確かなのは、私はもう二度と修哉には会えない、ということだった。

「死にたい……もう、死にたい」

「アホなこと言いな。帰るで、るる」

「帰るところなんてない」

「あるやろう。僕と一緒に帰ろう。寝屋川に」

「そこは私の家じゃないもん」

「せやな。でも君の寝る場所はある。この大阪で唯一、君が眠れる場所や」

アビーはそう言って私を背負って歩きだした。なにも考えられなかった私は、ただ背に揺られ、道行く人に振り向かれながら夜の道頓堀《どうとんぼり》を行く。『かに道楽』の巨大なカニが美味しそうに私を見下ろしていた。

修哉は死んだ。

其の四　毒

1

アイドルでなくなった日の翌日。

本当なら今日は朝からロケバスに乗って、仙台《せんだい》でライブだった。午後には到着して、ご当地ゆるキャラのむすび丸と一緒に踊る予定だ。

時計を見ると十四時を過ぎている。そろそろ打ち合わせが終わっている頃だろうか。麻《ま》奈美《なみ》は緊張するとお腹を壊す。キヨは確か初舞台だったはず。みんなとダンスがズレなければいいけど。みいみゃはマネージャーに彼氏の存在がバレたと言っていた。そういえば普段は厳しい緑川は珍しくみいみゃの件には寛大だった。結局上手くいったのかな。

莉歩は一夜限りのセンターから外れ、再出発だ。でも莉歩ならすぐにセンターを奪取するだろう。

昨日の今頃はなにしてたっけ。あ、そうだライブ会場にいたっけ。控え室でずっとうずくまって、みんなに顔見られて。……終わったんだっけ。

「……朝だ」

自然に目が覚めた。また夢を見た。私の精神が不安定である証拠だ。

「なんで、朝がくるんだろう」

太野和徳にも修哉にも、もう朝がくることは二度とない。死んだ。太野絵里は夫殺しの罪を生涯悔いて生きていかねばならない。しえは人殺しの母と殺された父の子として業《ごう》を背負わされ大人になってゆく。修哉の母も一生、後悔しながら暮らすだろう。

私が知り合った人たちは誰も、誰も誰も、幸せにならない。不幸になってゆく。

これは私が持ち込んだ業なのだろうか。私が自分のことだけを考えて寝屋川まで助けを求めにきたからこんな事態に陥《おちい》ったのか。

たった二年前まで私はアイドルだったんだよね。トップオタのファンがいない私がセンターを勝ち取るのは大変だった。でもやりがいがあったなあ。

研修生の時から応援してくれてたファンには本当にお世話になった。これからお返しできるところだったのになあ……。

――私、もうアイドルじゃないんだ。

ふとよぎる現実にハッとした。

じゃあ、私はなんだ。何者なのだろう。アイドル……NE×Tのメンバーでもない私は、一体なんなのだろうか。瑠璃丘類依。るるは、もういない。

外にでたくない。この先も、ずっと、ずっと。そっとしておいてほしい。私は何者でもない、ただの煤《すす》。そこにこびりついているだけの汚れだ。

「死にたい」

死ぬべきは私だ。ここにいるべきではない。

部屋からでようとノブを捻《ひね》る。開かない。何度も開けようと試みるが開かない。

アビーの仕業だ。私がここから逃げられないように外から鍵をかけているに違いない。

「なんで……死なしてくれないのよ……」

いない方がいい。なのに、なぜ私はおめおめと生き延び、眠りを貪っているのか。

許せない。みんな死んだのに、私が生きているなんて。

ぐう、と鳴る自らの腹に苛立ち、何度もこぶしで腹を殴った。何度目かで胃液を吐く。

苦しくてベッドの上でうずくまったが、虚《むな》しさだけが私の体を支配する。

暗い気分の中で時計を探す。時刻は十四時過ぎ。夢から覚めたままの時刻だ。

普段通りのルーティンなら、アビーはパチンコだしゲイルは寝ている。私を閉じ込めて
安心しているのだろうか。だが実際手も足もでない。ここからでられなかった。

ドアが開く気配がした。同時に何者かが入ってきた気配も感じる。

「アビーさん？」

部屋のドアは薄い。すこし声を張れば階段下にいる人間にくらいは届いた。

「ん、あら戻ってたんだ」

反応したのは知らない声。アビーではない。

「最近ずっといなかったよね？　いや、部屋に入ったんじゃないよ。帰ってきてる気配がなかったから」

「あの、アビーさんじゃ……ないですよね」

「ああ、そうか！　まだ挨拶してなかったっけ。俺としたことが申し訳ない」

階段を上ってくる音。

「なんだこりゃ」

扉の向こうでがたがたと聞こえる。ものを上げ下げしているように聞こえた。

「閉じ込められてんの？　あいつがやりそうなことだわ」

溜め息を感じた。たぶん、この人物はアビーに呆れているのだ。

「開けてください」

「今やってるからちょっと待って……開いた」

どうぞ、と勧められるままドアを押す。するとこれまで開かなかったのが嘘のように音もなくスッと開いた。

「やあ」

ドアを開けたそこに立っていたのは、やはり知らない男だった。

つばが極端に短い、ニットの帽子を被り、整えた顎ひげを生やしたしっかりとした輪郭《りんかく》の男だった。

Tシャツにジーンズというラフないでたちのこの知らない男からは、不思議と悪い印象は感じなかった。人の好さが表情から滲みでているのだろうか。

そう思わせるくらいには人懐《ひとなつ》っこい、柔和な表情を浮かべていた。

「なんくるないさー。俺はこういう者です」

男は名刺を差しだした。

「レボ……さん？」

一度顔を見た。よく見るとなんだか見覚えがある気がする。

名刺には『DJ・ミキサー』と書かれていた。DJでバーのオーナーということなのだろうか。

「下にターンテーブルとかレコードが腐るほどあったでしょ」

「あっ！　猫！」

そうだ、レボという名前はあの黒猫の名前ではないか。それにDJと聞いて思いだした。いつもレボさんが寝ているそばに立てかけてある卓上カレンダー。自作っぽいな、と思っていたがその写真に写っているのがこの男だった。

「猫？　スーパーノヴァのことかい？　ふてぶてしくてかわいいだろ、奴の名付け親は俺なんだぜ」

「い、いやそうじゃなくて……、レボさんはレボさんからとってレボさんなんですね」

レボは首を傾げている。私もなにを言っているのかわからない。

「あの……それで、どうしてあのカレンダーの人がここに」

「俺はこの店のオーナーなの。普段はあっちこっち飛び回って皿ぶんまわしてるから、留守はアビーとゲイルに任せてるんだけどね。大阪に帰ってきた時だけBAR営業してるんさ」

「オーナーさん……それは失礼しました！」

そういえばたまに夜営業していると最初に聞いた気がする。誰がなにをするのだ、と思っていたがそういうことだったのか。

「それより……るるちゃん、だっけ？」

「はい」

「なんか大きなお世話だったら悪いけど、大丈夫？」

なにに対して大丈夫か訊いているのかがわからず、私はレボを見つめた。訊き返す気力は失せていて、ただ見るしかできなかった。

「いや、顔色……真っ青だし、それに」

それに、の続きはまなざしが語っていた。レボは私の顔のシミを見ている。

ここしばらく、これを悪く言う人間に出会っていなかったせいで麻痺《まひ》していた。隠さなければならないシミを。

「ご、ごめんなさい！」

顔を覆い、ドアを閉じた。レボは慌ててなにかを言っているが耳を塞ぎ、布団に潜り込んだ。私は業。呪い。穢れ。このシミは、人を殺す毒だ。

レボの気配が部屋の前から去るまで、私はずっと同じ体勢で自分を呪い続けた。

一時間ほど経ち、部屋の前に人の気配がないのを確認するとドアをわずかに開け目視した。人の姿はなかったが、レボがどかしただろう荷物があった。これをバリケードにしてドアを開かなくしていたのだ。

階段の陰から店の様子をうかがう。レボはカウンターの中で仕込みをしている。バックヤードに引っ込むのを待って、その隙に外にでようと考えた。

すこししてレボが奥へ引っ込む。今だ、と私は一気に駆け下りドアに手をかけた。

「行くのかい」

レボの声に動きが止まる。

「安心しなよ、別に引き止めようとか思っていないから」

口ぶりから、私の企ては最初から見透かされていたのだと知る。ここの大人たちはみんな、勘が鋭くて厭になる。

「じゃあ、黙って行かせてください」

「つれないな。さっき初めましての挨拶したばかりでもうお別れかい？　せっかく数日でもここにいたんだから一杯くらい飲んでいってよ」

「私、未成年ですし」

「カクテルにはノンアルもあるんだよ。俺は作れないけど」

ははは、とレボは自分で笑った。

「説教するつもりはないさ。せっかくの縁だから世間話でも」

グラスの底が鳴る音がした。飲みなよ、レボが呼ぶ。

「急ぐんです。ごめんなさい」

「急がば回れっていうよ。とにかく一旦落ち着きなって。俺にさっきのこと謝らせてよ」

そう言ってレボはぽんぽん、と自分のこめかみを指でたたいた。

「じゃあ……一杯だけ」

振り返り、私はカウンターに座った。

謝りたい、と言った相手にそのチャンスを与えないのは厭だった。謝らせたいのではない。いつか私が誰かに謝りたい時、そのチャンスをもらえないのは辛い。

「いただきます」

カウンターに置かれたジョッキの中身は綺麗なルビー色だった。ビールのようにしゅわしゅわと泡《あわ》がグラスからはみだしている。

ビールかと思ったがレボの常識を信じて口を付ける。

「……おいしい」

抜けるミントのような風味と優しい炭酸が爽快《そうかい》で、沁みるような甘さが幸福感を生む。見た目のイメージではベリー系のジュースだと思っていたが大きくはずれた。

「ルートビアっていう沖縄では超メジャーなドリンクさ」

「沖縄の方なんですか」

「そうさ。とはいっても十代で島をでて東京へ行ったんだけどねー。もっと地元を大事にすべきだったなぁ。だけど魂はいつでも海人《うみんちゅ》と共にあり、てね」

「だから標準語なんですね」

「東京が長かったから。大阪にきてからまだ五年目くらいさ」

相槌を打ち、二口目に口を付ける。癖《くせ》になる味だった。すぐに飲みきって早々とでるつもりだったのが、つい味わってしまう。できればあと三杯はいきたい。

「さっきはごめん。この通りだ」

カウンター越しにレボは頭を下げた。いたたまれなくなり、気にしていないからと頭を上げてもらう。レボはたちまち破顔し、安堵の言葉を口にした。

「色々あったみたいだね」

「知っているんですか。アビーさんの仕事のこと」

うーん、と唸りレボは「知ってるような知らないような」と笑った。

「取り返しのつかないことをしてしまって。アビーさんがあんな仕事をしないでよくなるかもしれないって。でもそんなこと、私には無理だった」

「あんな仕事、かぁ。でも奴は『自分にしかできない仕事』として、誇りをもってやっているんじゃないかと思う」

「誇り……。そんなのあるんでしょうか」

「人にはそれぞれ役割というものがあるのさ。ここで俺が店をしているのもここを求めている人がいるからだ。求めている人がいるかぎり役割がある。誤解もされる仕事だってあるだろう。でもアビーにしかできない。それをわかっている人間がアビーのそばにはちゃんといるんだ。例えばゲイルとか、……君とか、ね」

「私はなにもできない。私にはなんの役割もないんです」

そう言いながら、レボのカレンダー前で丸まっている黒猫を見つめた。

「あるさ。だからアビーがいる。君がアビーのそばにいたっていうことは、君には君の役割があったってことじゃないかな」

「役割ってどんな」

「それは自分で見つけなきゃ」

にゃあん、と奥からスーパーノヴァが眠たげにやってきた。レボの姿を認めると足にすり寄り、餌をねだる。

「ほら、こいつだって自分がこの店での癒《い》やし系だって役割をわかってる」

そう言ってレボは冷蔵庫から牛乳をだした。

「色んなことに考えを巡らせることだね、ほら『いちゃりば　ちょーでー』っていうじゃない」

「いちゃりば？」

「なにごとも縁があってこそ、人類みな兄弟ってね」

「よくわからないです」

「わからないか、そうか。あっはは、じゃあ沖縄のおじさんがなにか言ってたな、って心の片隅《かたすみ》にでも置いておいてよ」

「すみません。ルートビア、美味しかったです」

「またやーさい」

お辞儀をして、私は店を後にした。

役割――

私はわからなかった。役割とはなんだろう。無力な私が誰かのためにできることがあるだろうか。

スマホを手に取り、太野家で絵里が撮影したしえと遊んでいる画像を呼びだした。

「ひっ……！」

画面の中の絵里は顔が大きく歪み、熱で溶けた人形のように異様な形相をしていた。後ろから私に抱かれているしえの顔もまた不自然にピントがぼけていてはっきりしない。

そして、私の顔――

「なに……これ」

黒いシミがほとんど顔全体を覆っている。肌色が残っているのは頬とこめかみの一部だけだ。

まさか――

スマホのインカメラを起動し、鏡の代わりに自分の顔を確かめた。黒い。画像と同じだ。

ふと周りを見回すといたるところに黒い影があった。ようやく私は確信した。

これは幻覚ではない。本当に視えているんだ。

そして、これが視えている理由も理解した。そうか、そういうことか。

「役割……」

レボの言葉がよみがえる。私の役割……それを今、まっとうしなければ。

もう修哉の時のようなことはたくさんだ。目の前で、なにもできず誰かが死ぬなんて。

修哉の笑顔が脳裏に焼き付いている。私は償いたい。

2

タクシーを降りるとそこには『太野家』があった。ここには、太野家の日常を呑み込んだ厄霊がいる。この厄霊がいるかぎり、絵里やしえにはもう二度と安息は訪れないだろう。ならば私がこの厄霊に立ち向かうしかない。

「……なんだか、息苦しい」

以前やってきた時とは明らかに違った。

家の前に立つだけで胸が圧迫されている気がする。心拍数が上がり、視界の端《はし》に星が散る。やや過呼吸気味で立っているだけでもすこし辛かった。

あからさまな体の不調に困惑した。今、この家には誰も住んでいないからだろうか。

ふと目をやると芝生の上に、しえの自転車が横たわっていた。なにげなく自転車を注視しているとタイヤに違和感を覚えた。

「なに、この大きな穴」

違和感の正体は前輪に空いた大きな穴だ。破裂した……というより、内側から破られたように思える異様な穴だ。

思い切って近づき、覗き込んでみるとさらに考えられない異変がそこにあった。

タイヤの穴から十字架が飛びだしている。鉄か鉛か……赤茶の錆でびっしり覆われた、神の加護がなさそうな汚れた十字架だった。

怖気に包囲され、膝が笑う。隣の家も斜め前の家も、十軒先の家もみんな似た形なのに、目の前の太野家だけが一つ目入道のような怪物に見える。

『近づくな』と言っているようにも、『こっちへこい』と言っているようにも感じる。

――がちゃり
「えっ……！」

今、ドアからなにかが聞こえた。聞き間違いでなければ、私には内鍵が回る音に思えた。誰かが中にいるのだろうか。

まさか。そんなことはあり得ない。

根拠はなかった。中が無人だと思う理由は、この家が発する負のエネルギーだ。こんな瘴気《しょうき》の塊の中に、生身の人間が立ち入れるわけがない。自分自身、この家の中に入ったことがあるのが信じられないくらい、禍々《まがまが》しい。

生温い空気と卵が腐ったような悪臭が漂ってきた。

頼りになる人間は誰もいない。アビーもゲイルも。私ひとりだ。この家にひとりで入ることは危険すぎる。だがそれでいい。

私の役割――。

それはこの家から毒を抜くこと。私が厄霊をどうにかすることだ。

修哉の時のようにどうにもならないのは目に見えている。

それなら元凶である厄霊を説得するしかない。元は人間だ、対話は成立するかもしれない。だがそれもハッキリ言って望み薄である。

ならば、どうする？　代わりの犠牲を払えば、小さな命は救えるかもしれない。私をカードにすれば厄霊といえど無視はできないのではないか。

きっとできる。

強い想いとは裏腹に足が動かない。体が石のように固まり、指先ひとつすら動かすのに精神力を使った。

体中が拒絶している。

ここへくるまで、私の思いは漠然としていた。ここにくればきっと自分のやるべきことがわかるはずだ、きたからにはただでは帰れないと思い込んだ。

一歩でも前に、そう念じても足は動かない。本能が『いくな』と警告している。

「動け……動けよ、私の足！　ここで進まなきゃ、なにしにきたかわかんない！」

涙が溢れる。自分の無力さに体が千切《ちぎ》れそうだ。なにが厄霊だ。なにが匣。なにが厄裁師。なにがアイドル──。

その時、足元を黒猫が横切った。つい気が逸れる。

「お姉ちゃん？」

反射的に顔を上げた。そこにいるはずのない者の声。

「しえちゃん！」

玄関のドアをすこし開け、その隙間からしえがこちらを覗いていた。

「そんなとこにいちゃだめ！　しえちゃん、こっちへきて！」

「ここ、しえのおうちやで？　パパとママとしえの三人の家」

「違う、いや違くないけど……でも、そうじゃないの！　そこはすごく危ないからこっちに……お姉ちゃんのところにおいで！」

「いやや。パパもママもおらんなったもん。家にしえがおらんかったらパパとママ心配する」

「しえちゃん！　パパはもう……ママは……」

なんと言うつもりだ。パパは死んだ。ママはパパを殺したから警察にいる。そんなことをあんな小さな子供に言うつもりなのか。

そう思った途端、言葉が詰まった。言えない。

「しえちゃん、なんでここにいるの……」

「ここ、しえの家やもん。しえの家やから、しえがおるんは当たり前やん」

「いいから！　ちょっとだけでいいから、こっちへきて……お願い……」

「無理やもん。それやったら、お姉ちゃんこっちきてや」

しえはにっこりと笑い、手招きをした。

「一緒に遊ぼう、お姉ちゃん」

「………」

「しえのこと嫌いになったん？」

「わかった。遊ぼう、しえちゃん」

しえがわずかに開けたドアの隙間、ちょうどしえが頭をだしている頭上からニュッと真っ赤で指先が尖った手が現れ、鷲の足が獲物を摑むかのように掌が開いた。

「危ない！」

「わあっ！」

思わず飛びつくが間に合わず、しえの小さな頭は真っ赤な手に鷲摑みにされ、たちまち中へと引きずり込まれてしまった。

「ダメぇー！」

さっきまで動かなかった体は嘘のように軽く跳ね、ドアを勢いよく開けた。

奥のリビングにしえの足が引きずられて消えるのが見える。私は靴のまま三和土を駆け上がるとリビングのガラス戸を体当たりで開けた。

リビングは真っ暗な闇だった。

目を剝き、暗闇の中で小さな姿を探す。キッチンのテーブル、テレビのそば、ソファ
……いた！

しえはぐったりと横たわっていた。意識を失っているようだ。

「しえちゃん！」

抱きかかえるとゾッとするほどに冷たい。

「しえちゃん！　返事して！」

二度目の呼びかけに微《かす》かに反応し、しえのまぶたがゆっくりと開く。

「……お姉ちゃん？」

「よかった……。ここから逃げるよ！」

「ううん、お姉ちゃん……」

しえを抱き立ち上がろうとした瞬間、ずん、と上半身がソファに落ちた。その勢いで前のめりに倒れ込む体勢になる。

しえの体が突然、大きな岩の塊のように重くなったのだ。

かと思えばすぐにまた軽くなる。

「え、なんで……」

「お姉ちゃん、大丈夫？」

心配そうな顔を浮かべ、しえが私の顔に手を伸ばした。

「うん、大丈夫。ちょっとバランス崩しただけだから」

「よかった」

手が頰に触れた。一瞬、火傷《やけど》したのかと思うような衝撃に思わずしえの手を摑む。切れたような余韻で頰に走ったのが冷気だと気づいた。とてつもなく冷たい、氷のようななにかが頰に触れたのだ。

「な、なに？」

思わず摑んだ手を見た。それは真っ赤な、指先の尖った手。

「ひ……っ」

バタン、……がちゃり。

ドアが閉まり、内鍵が回る。完全に屋内に光が遮断された。

つまり、閉じ込められた。その瞬間、我に返った。

――……厄霊だ。

歪《いびつ》な泥粘土のシルエット。それは闇の中で真っ赤に不自然に光っていた。

大小さまざまな目玉が蓮《はす》の花のようにあちこちにあり、手や足があちこちでたらめなところから生えている。

臓器らしきものも体からはみだしたその姿は、強烈なおぞましさだった。

体中から異臭を放ち、生暖かさが嫌悪感を倍加させる。こんなもの、霊でもなんでもなく、怪物。化け物だ。

『命、クレルって?』

ブシュゥ、と口臭を吐きだし厄霊は言った。獣の声だ。まるで熊《くま》やライオンが人語を話しているような、形容しがたい声音だった。

逃げようにも体は動かない。赤い腕に抱きしめられるようにして自由を奪われているからだ。

「ここからいなくなって……!」

心の底から味わう恐怖。それは震えとなって全身を走り廻《まわ》った。なのに私は一語一語噛みしめるように、厄霊に言った。何度も気を失いそうになりながら、気力だけで精神を保っていた。

『イエズスは、オマエの、イノチ、ホシイ。捧《ささ》げヨ。アーメン。みんなノ命ホシイ。モットモット、主よ、我ラを救イ給エエ』

トマトを握りつぶすような、肉を挽《ひ》くような、狂おしい音があちこちから聞こえる。天井から滴《したた》り落ちる赤いしずくはそのひとつひとつに瞳があった。テレビの画面は一面真っ赤でひとつの大きな眼球がぎょろぎょろと忙しなく動いている。壁にかけたカレンダーの数字が真っ赤に染まり、ひとつずつ床に落ち、洒落たデザインの時計からは一本の赤い腕

なる。

そして、私がこれに殺されたらこれの一部になるのだと思うと、さらに気が触れそうに気がおかしくなりそうだった。おかしくなってしまったほうが楽だとさえ思った。

が生えバタバタと壁や棚を叩いている。

自分の命をカードにして対話する？　こんな化け物と？

緊迫した状況なのに、自分の愚策ぶりに笑えてきた。もはや愚策ではない、無策だ。

『家族守るモルモルモル、しえ〜パパはオマエを殺シチャウぞ。アーメン』

私は厄霊、それに死と対峙《たいじ》した。

——こんなのに、しえちゃんの……絵里さんの幸せが奪われたなんて！

『イエズス、ゴルフ練習場建設……汝《なんじ》、殺ソ？　殺す？　ソノ前にオマエコロス』

赤い色がゆっくりと紫がかり、見るからに毒々しい姿になってゆく。これは厄霊が発する殺意の色だ。同時に深い悲しみの色でもある。

『死ネ死んデ死ぬ死』

胸に鋭いなにかが突き刺さった。凄まじい嫌悪感が血管を通り、全身を巡る。眼球が飛びだし内臓が全身の穴という穴から噴きだしそうだ。こんな思いをし続けるくらいなら死んだほうがマシだと強く思った。

絶望、孤独、虚無、嫉妬、殺意、憎悪、嫌悪、寒気、吐き気。

負の感情が私を支配していく。このまま溶けだし、あの赤い、紫色の厄霊《バケモノ》と同化するのか。厭だ。厭……厭だ厭だ厭だ厭だ厭だ！

ずぶっ

――あっ……

3

不思議な体験だった。

私は厄霊に取り込まれ、自我さえも失くし、ただ憎しみと殺意、虚しさや悲しみに支配されていく――はずだった。

それなのに私の意識は確かにここにあり、考えることもできるし自分がるるだという自覚もある。さらに不思議なのは、私の体が浮き上がり、部屋の天井あたりから厄霊とアビ、ゲイルを見下ろしていたことだ。

――ふたりともどうしてここに……

ぶよぶよと禍々しく巨大な厄霊を前に、珍しくゲイルが取り乱している。

「そうじゃないとあんなにでかくなんねえって！　前にきたときと形状も変わってるし」

そうなんだ。私は前回、厄霊の姿を見ていない。思えば修哉の時も直接厄霊を見ていなかった。

もしも私があの時、厄霊の姿を自分の目で確かめていたら状況は変わったのだろうか。

それにしてもどうしてアビゲイルはこんなところにいるのだろう。もうなんの用もないはずなのに。

「どうすんだよ、アビー！　厄霊と戦うなんてやったことねえぞ、俺」

「アホ言え、僕かてそないなもんあらへんわ！　厄裁師は厭っちゅうほど厄霊の恐ろしさをチビん時から叩き込まれてんねんぞ、せやのにこない酔狂なことするか！」

だったら帰ればいいのに。

私はどこか冷静だった。アビゲイルと厄霊が対峙している状況の意味はわからないものの、その様子を客観的に見ていたのだ。

ともあれ、アビゲイルはふたりしてあたふたしている。見たことのない光景なのでなんだかおかしかった。

「ゲイル、バケツの許容量はどんくらいあんねん！」

「わかんねえよ、そもそも厄霊を吸うようにはできてないしパンクしてもおかしくねえぞ」

どうしようもない真剣な表情でゲイルは「ワロ」と付け足した。

厄霊は危ない。災害と同じ。そう言ったのはアビーのほうだ。ゲイルもそれは承知のはずだった。それなのにわざわざ、なぜ厄霊を——

「るる！」

思い切り頭を殴られたような衝撃だった。

「るる、聞こえてるんか！　返事しい！」

　まさか私を連れ戻しにきたのか。誰にも行き先を告げずにきたのにどうしてわかったのだろう。いや、そんなことよりどうしてこんな危険な真似をして私を――

「あいつの名前呼んで、なんか意味あんのかよ！」

「当たり前や、いくら厄霊っちゅうても呑み込んで消化するわけやあらへん！　この不細工な厄霊の中で意識を取り戻せばなんとかなるかもしれん」

「なんだよ、確信あるんじゃないのかよ」

「大阪の博徒をなめんな！　こういう時にこそギャンブラーの勘が冴《さ》えるっちゅうもんや！」

　ゲイルはもう一度ワロ、と言った。

「るる！」

「るるぅ！」

　聞こえてる。聞こえているよふたりとも。だけど……

『ここだよ、ここにいるよ私！』

　いくら返事をしてもふたりには届かなかった。その時、ようやく状況を理解した。私は今、精神だけの存在なのだ。浮いているのはそのためだ。

　つまり、死にかけている。辛うじてつながっている意識が途切れた時点で私に死が訪れるのだ。

覚悟をしていたつもりでも、イメージと違う。こんなにも冷静に事後を傍観できるだなんて知らない。

「うおっ！」

ゲイルが突然、飛び退いたかと思うと回転して棚の陰に隠れた。見ると今までゲイルが立っていたところの床が黒いシミで覆われている。

あれは……

そのシミはうねうねと蠢いている。私の顔にあるのと同じ種類のものだとすぐわかった。

「君のこと認識しよったぞ！」

「こういう時、匣は損なんだよな……。厄霊はそこに棲みついた人間や匣に対して強い悪意を向ける」

「生ける毒の匣には例外的に反応しよるからな」

ゲイルの話だと、厄霊が強く反応するのはそこに住む人と匣――

それならば何故私は厄霊に襲われたのだろうか。少なくとも私は住んでいるわけではない。

訪れるだけで厄霊と対話できると思ってやってきたが、私が呑まれたのはつじつまが合わないような気がした。

「アビー！　とにかくるるの体がないとどうしようもねえぞ！　なんとかしろよ！」

「うっさいな、なんとかしろっちゅうて簡単にできたらこない苦労せんわ！　とにかくるの名前を呼べ！」

「名前呼んだって無駄だよ！　もっとほかにないのかよ、あいつが反応するの！」

厄霊の触手がゲイルに伸びた。一瞬、反応が遅れゲイルの頬を掠める。

「ゲイル！」

「くっそ、無理だって、こんなのとやるの！」

ゲイルの頬から黒い蒸気のようなものがあがった。掠っただけなのにこうなのだから、直撃したらひとたまりもないだろう。

「だいたいあいつが反応しそうなもんとか知らねえよ、リブロースのことなんて……」

「リブロースやと？」

ふたりして「「あっ」」と声を重ねた。厭な予感がする。

「わたあめ！」

「焼きそば！」

食べ物キター！

「明太《めんたい》クリームのパスタ！」

「モスチキンバーガー！」

バカにしている。いくら私でも食べ物の名前を言われたからって反応しようがない。というより、どうすれば自分が体に戻れるのかもわからないのだ。

私のことなど放って逃げてほしい。

でないとアビゲイルが危ない。

『もういいから！　私のことはいいから……』

だがいくら叫んでもふたりの耳には一向に届かない。お互いに一方通行の呼びかけだ。

「やっぱ食べ物あかんちゃうんか！」

「信じろアビー、あいつならきっとやってくれるはずだ！」

なんの自信？

「背脂《せあぶら》チャーシューマシマシとんこつラーメン！」

だから無駄だって……

「ふわふわ半熟卵のチーズオムライス！」

うっ……お腹空いてきた気がする。

「うぐあ！」

また厄霊の攻撃がゲイルを掠めたらしい。かなり辛そうな顔をしている。

厄霊も学習しはじめている。ゲイルの動きを読んできているのだ。

このままでは完全に捉《とら》えるのも時間の問題だ。もしもゲイルになにかあったらアビーは……。

『もういいんです！　私は自分の都合で、勝手にここにきたんです。厄霊に囚《とら》われたんだとしたらそれでもいい……。だけど誰かをもう傷つけたくないんです、だからもう私のことは――』

「アホかぁ！」

アビーの大声に思わずハッとする。

「な、なんだよ、アビー！　ビビったじゃんか」

「なんか生意気なこと言いよった気がしてん」

アビーはキョロキョロと部屋を見回すと私のほうを向いた。

『視えてるの、私が……』

「どこや、るる！」

アビーはわかっていない。けれど勘なのか、まっすぐこちらを睨みつけていた。理屈ではないなにかで、私を感じているのかもしれない。

「いぶりがっこたっぷりチキン南蛮！」

「豚の生姜《しょうが》焼き定食！」

ぐっ……ちょっとときめいたかも。

「くっそ、どれも反応しない！」

「諦めたらあかん！　もっとあるやろ、絶対これやったらってやつが！」

「そんなこと言われてもわかんねえよ」

「ごちそうの代名詞ってなんやねん！」

ぐう、とお腹が鳴る。魂だけだから胃とかないはずなのに、私というやつは……。

「なんでもええ、せーので叫べ！」

「え、ええっ？」

「行くぞ！　せぇーの……」

「「焼肉っっ！」」


厄霊の腹のあたりから人間の足が飛びだした。

見覚えがある――あれは私の足だ！

そして、アビゲイルはそろって私の足にしがみついた。

「せーのっ！」

ずるり、という感触と共に、意識が途切れた。

「ぶはっ！」

胸に酸素が一気に入ってくる。節度もなく大量に流入する酸素をどうにかして吐こうとするがその方法が思いだせない。吸うだけで、肺が破裂しそうだ。

「しっかりしろ！」

バンッ、と強く背中に衝撃が走った。そのショックで咳き込み、フラッシュバックのように吐き方を思いだす。

「ハァ、ゴホッ……お、王様ハラミ……」

「おい、るる！　これわかるか、何本や！」

ぼやける視界に指が揺れている。

「一本……？」

「これは」

目の前で指がもう一本立つ。

「二人前」

「よし、大丈夫や！　ゲイル、そっちに呪詛移すぞ！」

「やっぱり限界すれすれだったみたいだな。顔中真っ黒だ」

ぼんやりと見えるアビゲイルのふたりは、体中ボロボロだった。

あちこち傷だらけで、汚れている。あの後、厄霊と戦ったのだろうか。

「呪詛は多分問題ないけど、問題はあっちのほうやな」

「やってみるよ」

「できるんか」

「わっかんねぇよ。はじめてだし、そっちのを吸うのは」

体が浮く感覚がした。そして、心地よい浮遊感の中で私は夢を見ていた。

しえと絵里が笑っている。どこか知らない場所で、笑っている夢だ。

そこへ和徳がやってくる。ふたりはしえの手を取り、歩き始めた。満開の花が咲き誇る中を幸せそうに。しえは嬉しそうに一生懸命絵里と和徳に話しかけていた。それを愛おしそうにふたりは見つめた。この幸せは永遠に続く。それを予感させる……悲しい夢だった。

4

『♪』

突然鳴りだしたメロディにまどろむ目を擦った。

スマホが鳴っている。暗い部屋の中を見回すと青白い光を放つそれを見つけた。

「ん……んん……」

手を伸ばし、ホームボタンを押して黙らせる。眠気でだるい体は手を伸ばしたままでもう一度眠りの淵《ふち》へ落ちようとしていた。

『♪』

私を眠らせまい、と意地悪なタイミングで再びスマホが鳴る。意識が遠のきかけていた私はすこしの間放置してから、力を振り絞り指先だけ動かす。スマホはまた沈黙を取り戻した。

「んん、ん……」

わずかに意識が戻ってきた。薄く開けた瞼、視界は暗い。

ここは、Bar SADの部屋だ。しかも夜……一体、今は何時だろうか。

ふと手に感じる固い感触でスマホを持っていることに気づいた。タップで画面を点灯させると『2件の通知』と表示されている。

今知りたいのは時間だ。ボックスを画面外へ飛ばし、時計を見ると二時四十分だった。

「痛……」

上体を起こすと頭痛がした。内側からゴムの棒で細かく叩かれているような、経験したことのないタイプの頭痛だった。

「私……どうしたんだっけ……いたた」

思いだそうとすると頭が痛んだ。だが遠くのほうで、ここで眠ったわけではないような気がする。

ひとまず思いだすのは後回しにし、回復を待った。

とにかく頭がボーッとする。体も異常にだるい。

部屋は暗いが目は慣れてきてよく見える。半《なか》ば呆然としながら部屋内を見回した。

――あ、私のカバンがある。

確かカバンは持って外にでたはず。そう、オーナーに会ったんだっけ。なんて名前だったかな。

部屋の外で物音が聞こえた。ドアを開け閉めする音と人の足音。足音は一旦止まると再び動きだした。

――……ゲイル？

そうだ。こんな夜中に活動するのはゲイルしかいない。再びドアが閉まる音。それ以外には物音はなかった。

ということは店もやっていないということだ。

ようやく頭が鮮明になってきた。

「喉が渇いたな」

一階に水を飲みに行った。立《た》ち眩《くら》みと貧血に似た症状で足元がふらついたが、なんとか水にありつくことはできた。

喉を鳴らし、一気に流し込んでゆく。体中に冷たい水が染《し》みわたり生き返るようだった。こんなに喉が渇いていたのか。

二階へ戻るとゲイルの部屋のドアをノックした。

「……ゲイル？」

反応はない。寝ている？　いや、違う。大方、ヘッドフォンでゲームをしていて聞こえないのだ。

「開けていい？」

返事がないことを知りつつ、そう呼びかけるとおそるおそるドアを開けた。

部屋は真っ暗だ。ゲイルの姿もない。

「あれ……誰もいない……」

いつもなら朝までゲームをしているはずのゲイルなのにいない。アビーとどこか仕事へでかけているのだろうか。

「仕事……？　仕事って」

どこか引っかかる。アビーの仕事と、今自分にある違和感が密接に関係している気がしてならない。

ふと人の気配がした。ゲイルの部屋より奥の部屋から、人の息遣いのようなものを感じる。あそこは……アビーの部屋だ。

そういえば、私がここへきてからアビーが大人しく部屋にいるところは見たことがない。さすがにこの時間なのだから部屋にいるのだろうか。

「アビーさん」

反応はない。よく考えてみればゲイルがいないのにアビーがいるという状況は考えたことがなかった。

人の気配は気のせいだと思いつつドアを開けた。

アビーはいた。

テレビを見ているようで私には気づいていなかった。夢中でなにかに釘付けになっている。よく見ればヘッドフォンを装着しており、私の呼びかけに反応がなかったことにも合点がいった。

足音を忍ばせアビーの背後に近づき、テレビの画面に目を凝らした。そして、目に飛び込んできたそれに総毛だつ。

「これ、これぇえぇえっ！」

想定外の出来事を目の当たりにして私は叫んだ。

「ぐわああああっ、るる！」

「ド変態！　死んでよ！」

「イッダァアア！」

脊髄《せきずい》反射でアビーの頭を思いきり叩き、部屋から飛びだした。

「はあ……はあ……」

テレビに映しだされていたのはＡＶ動画だった（しかも一番えぐいシーンだった）。

「待ってや、るる！　悪かったって……え？　勝手に入ってきたんそっちやんね？　え、プライベートの時間をプライベートな部屋でなにしとっても別にどつかれるようなことちゃうくない？　そこんとこどうなん！」

「バカ！　変なスーツ！　天パー！　最低です、こんな真夜中に」

「むしろ今が一番適正な時間やろが！　……やなくて、目ぇ覚ましたんやったらはよ言えよ！」

「最ッ低！　最低最低最低！」

「いや、何度も言うけど僕は悪いことしてないよ？　そっちが勝手にやな……」

「口答えしないでください！」

「こっわ！　女、こっわ！」

「ちょっとこっちこないでください」

「え、なにこれ。君と僕との間になんか見えへんバリアある？　ATフィールド？」

じりじりと距離をあけ、近づくまいとする私の意図を読んだアビーが困惑する。絶対に近寄らせない。

「ゲイルはどこに行ったんですか？　なんでアビーさんだけいるんです」

「え？　ああ、ゲイルな。あいつは今天王寺《てんのうじ》のお寺さんで浄化しとるわ」

「お寺？　それに浄化って」

「そら厄霊とあそこまで関わったらただじゃ済まんからな」

フラッシュバックのように突然、太野家に行った記憶がよみがえる。

『厄霊』の言葉をきっかけにして突然、頭になだれ込んできた。

「そうだ、私……太野さんの家に……」

しえちゃん！　私は叫んでいた。唐突によみがえった記憶と共にしえの危機に血の気を失った。

「落ち着け、るる！　君が見たしえちゃんは厄霊がそう見せてただけやから。本物のしえちゃんは親戚の所におる」

「そうだ……どうしてアビーさん、あの家に……」

「レボさんから君の様子がおかしいって聞いたんや」

「レボさんって、どっちのレボさんですか」

は？　と頭上に疑問符を浮かべるアビーを前に、そりゃ人間のほうかと納得する。

「レボさんがなんで」

「初対面の人間が見てもおかしいってわかるくらいやったんやろ」

修哉の姿がよみがえる。修哉が死んだ事実が私から正気を奪っていたのは間違いない。

それにしたって自分が情けなかった。一大決心で挑んだはずだったのに、結局私は救われてしまった。アビーとゲイルに。

「……最低なのは私ですね」

「じゃじゃ馬なんは間違いないな」

「ゲイルは……大丈夫なんですか」

「幸い命にかかわるようなことやあらへん。君は心配せんでええ」

「そうですか。よかった」

じゃあ、と挨拶を置いて私は踵を返す。

「どこ行くねん」

「東京へ帰ります。ここには私の居場所はないし、役割もない。ただ迷惑をかけるだけですから」

「今何時やと思うてんねん。せめて電車動く時間までおとなしゅうしとき」

「……ひとりになりたいんです」

「それは看過できんな」

「散々迷惑かけたかもしれませんけど、放っておいてください」

それを聞いてアビーは溜め息を吐いた。

「ほおか、じゃあ僕の質問にくらい答ええな」

「なんですか」


「君、自殺するつもりやったやろ」

思わず固く目をつぶった。見透かされている。

私がやろうとしていたことを。

「修哉くんが死んで、君は絶対に自分を責めよるやろうと思うて外にでられんようにしといたんやけどな。まさかレボさんが荷物をのけよるとは。これからは気い付けんと」

「私の命なんて、軽いから」

「軽いな。せやけど勘違いしなや、人間の命は等しく軽い。君だけ特別に軽いなんてことはない」

「でもいなくなったって世界はなんにも変わらない。いてもいなくても同じなんです」

「塵《ちり》かて集合すりゃひとつの塊になる。毛利元就《もうりもとなり》が言うとったやろ。一本の矢は脆《もろ》うとも三本集まりゃ折れんっちゅうて。だから命は寄り添わなあかん。集まって、強い魂になるんや」

「厄霊と同じですね」

意地悪だった。アビーを困らせたかった。

「厄霊も人やからな」

「でも人を殺すじゃないですか。そしてそれを取り込んでまた大きくなって。……私、厄霊を目の前にしてアビーさんの言ったことの意味がわかりました。あれは災害、人がどうにかできるものじゃない」

「ひとつ賢くなったやん」

「あんなものの前じゃ、私の命なんて意味がない。修哉くんのときだってそうでした。私は人間なんかひとたまりもない災害の中に彼をむざむざ置いていた。防波堤の役割をしていたペンも勝手に捨てて！　甘く見てた……本気になればなんだって乗り越えられるって！　人の力はすごいんだぞって！」

だが修哉は死んだ。それも私が見ていないところで、壮絶に。

それだけでも酷《ひど》く、悲惨だ。それなのにさらに修哉の魂は厄霊に取り込まれ、永遠に人間を殺す災害の一部になってしまった。

修哉の死は回避できなかったとしても、修哉が厄霊になったのは間違いなく私のせいだ。

「折り合いをつけるために死のうと思うたんか」

「バカにしないでください。ただ死のうだなんて思っていません。私の命と引き換えにだったら、しえちゃんを救えるかもしれないと思ったんです」

どうせ失敗したとしても、私が厄霊の一部になるだけだし。と付け足した。

パァン

「……痛っ」

無意識に熱くなった頬に手を当てた。アビーに平手で打たれたのだ。

「自分が死ぬ理由を……ぐぼぁ！」

アビーは体をくの字に曲げた。私の正拳《せいけん》がみぞおちをとらえたのだ。

「なにするんですか！　殺しますよ！」

「ええ？　うそ、ここまで武闘派なん隠してた系？」

アビーは泣いていた。過剰な防衛につい眠っていた能力が目を覚ましてしまったのだ。

「だ、大丈夫ですか？」

「そこは謝って！　これほんま、生まれてきて一番痛い……」

五分ほどうずくまったままアビーは動かなかった。私は二回謝った。

「N E×Tでアイドル活動をするまで、ずっと空手をやってて。だから今でも危険が迫るとつい反射的に手がでちゃうんです」

厄霊の前ではなんの役にも立たなかったが。

アビーはみぞおちを摩りながら、早よ言うて……ばかり繰り返している。

「あの大所帯のアイドルグループの中で直接的ないじめにおうてなかったのは、武闘派やったからか……」

「いじめ、って。なんでそんなこと」

「阿南から聞いた。あのボケ、ようやく連絡ついたわ」

「それじゃあ、私をここにこさせた理由を――いえ、やっぱりいいです」

「なんや、知りたかったんちゃうんかいな」

知りたい。だが、今となっては『知りたかった』だ。今の私にはどうだっていいことだった。

「君が自殺するんは勝手やけどな、死ぬ理由に太野家や修哉くんを使うんは卑怯やで」

図星だった。私はすべてに絶望したのだ。生きる希望も、生きている意味も、なにもかもを失くしてしまった。修哉を救えなかった無力さを痛感し、消えてしまいたかった。

「ひとつだけ訊いてもいいですか」

アビーが無言のまま小さくうなずくのを認め、今まで言えなかった疑問を口にした。

「このシミは治りますか?」

「治るか、とは?」

「このシミは消えますか。私にかけられた呪いは解くことができますか?」

「今の君に呪いなんてかかってへん」

「ほらやっぱり。はっきりとは言わない。私と一緒ですよ、それじゃ。言ってください。『それはもう絶対に治らない』って」

「僕がそれを言うてどないなる？　意味のないことはせんこっちゃ」

思いやりのつもりかもしれない。だがアビーが言っていることは残酷だ。なんとなく、この人だけは他の人たちとは違うと思っていたが、ずれた思いやりは変わらない。

私は少し、失望した。

「私はここにやってきて、アビーさんやゲイルと出会って、そして見たことのない世界を知りました。この世界には私と同じように苦しんでいる人たちがいっぱいいて、その人たちを救うヒーローなんじゃないかって思いました。最初はわからなかったけど、阿南さんが私をアビーさんの下へ行かせた理由が、『このシミを消してくれる』からなんじゃないかって。太野家と修哉くんの現場を見た私はそう確信するようになったんです」

「だからちゃうって言うたやろ」

「ええ。でも信じてなかった。きっと照れ隠しとか、謙遜《けんそん》とかそういうのなんだって。すくなくとも厄霊を鎮めたあなたの力は本物だと思いました。この力がきっと、私からこの呪いを取り除いてくれるって。でも、しえちゃんのお父さんは死んだ。修哉くんも死にました。あなたは確かに『死は不可避』だって言いました。逃れられない怨念で、災害と同じものだって。だから修哉くんを守れなかった時、私はわかっちゃったんです」

「なにをや」

「このシミ、いや呪いは絶対に消えない。厄霊に触れた人たちの死が絶対に不可避であるのと一緒」

アビーは相槌を打たなかった。その沈黙が私の仮説が正しいと物語っている。

「私は、誰にも死んでほしくなかった！」

アビーの沈黙を責めるように声が荒くなる。自分でも止められなかった。溢れる涙とともに。

「絵里さんにもしえちゃんにも出会ってしまったんです！　絵里さんの言葉に勇気づけられて、しえちゃんに元気をもらったんです！

修哉くんは私と同じ孤独を持っていた。どこか諦めがあったところも一緒！　私は絶対、自分にだけは負けないように必ずシミは消えるって信じていました。だから修哉くんは私なんです。修哉くんが死んだのは、私のせい……私が私自身を殺した。厄霊になったのは修哉くんで、私でもあるんです！

わかりますか、アビーさん。このシミが治らないということはアイドルに戻れないってことなんです。N E×Tのごちそう担当には永遠に戻れないんです。それは私に存在価値がないってこと。何者でもないってこと！　だったら、もう生きててもしょうがないじゃないですか！　私はたったひとりの人間すら救えない！」

仮にアイドルに戻れたとしても、私はもうファンの顔を見られない。

どの顔も修哉に、しえに、絵里に映ってしまう。そうなれば私はアイドルに戻れない。

それ以前にこのシミが復帰を許さない。

「見てください、私の顔。もう真っ黒ですよ。言ってください、アビーさん。『もうすぐ君は死ぬ』って！」

窓際に立つアビーに近寄り、ダサいスーツの襟を思いきり握った。

アビーは動じない。ただ私のやりたいようにさせている。

「黒い影が頻繁に視えるようになったのも、顔のシミが急激に広がってきたのも、全部私の死が近いからですよね！」

アビーがもたらす沈黙。私の考えは正しいのだ。

「そっか……やっぱりそうなんだ。思った通り、私死んじゃうんですね」

アビーは喋らない。ただじっと私を見つめているだけだ。

摑んだ襟を力のまま揺さぶった。

「ねえ、アビーさん！　私……わかっちゃったんです」

「……なにをや」

「とぼけないで！　最初からわかってたくせに！

私が【匣】だって！」

「……そうや」

観念したようにアビーは認めた。

「私は莉歩に呪いをかけられた。でも匣だったから呪詛に耐性があったんですよね。だから死ななかった。匣は呪詛を溜める。限界一杯まで溜まったら呪詛が溢れて死んじゃうってことですよね。顔のシミが広がったのも、変な影を視るようになったのも全部、莉歩が私を呪い続けてるから」

「前半だけ正解ってとこやな」

「前半だけ……？　どういうことですか」

「確かに君は呪われたんやろう。それは確かや。でもな、君が思うほど呪いっちゅうのは簡単にかけられるもんやない。君の言う莉歩っちゅう子がそない精度の高い呪いを君にかけられたとは到底思えん」

「なに言ってるんですか、現に私は――」

「多分、その子がかけた呪いは失敗しとる。失敗しとる以上、今は君にはなんの呪いもかかってないっちゅうことになる」

「アビーさんまでゲイルみたいなこと言うんですね。だったら説明がつかないじゃないですか、このシミのこと！」

「確かにシミは何者かの『悪意』によるもんや。でもその悪意の正体は呪詛やない」

「だからその呪詛と『悪意』は同じじゃ……」

「ちゃう。俺らは殺意・敵意・憎悪・嫉妬・呪い……そういった『悪意』の込められたものをまとめて『呪詛』って呼んでるんや。そんで本物の『毒』も」

「本物の『毒』って、なんですかそれ」

「言うたそのままの意味や。青酸カリ、テトロドトキシン、ヒ素やマスタードガスやったり硫酸もせやな。とにかく人を死に至らしめる可能性のあるもの。どや？　君が知ってる通りの毒やろ」

「そうですけど……」

それがどうしたのか、と問おうとした時、唐突に意味が理解できた。

「まさか、このシミは薬品のせいって言いたいんですか」

アビーはうなずいた。

「そんな、一体誰の……」

そんな、悪い冗談だ。これが呪いじゃなくて薬品のせいだった？　なぜだ、どこで？

「ちなみに言うとくと、匣が吸える呪詛はあくまで『人の悪意』が付加されたものに限る。毒物そのものに意思はないし、呪詛はそもそも人の悪意がないと成り立たんもんや。匣だって事故で誤って薬品や毒物の類を飲んでもうた場合は簡単にぽっくり逝きよる」

「つまり本当に殺そうとした……」

ぷつぷつと鳥肌が立つ。アビーの補足などほとんど耳に入ってこなかった。全身が総毛立ち、嫌悪感を伴う悪寒が全身を覆う。

寒気で両腕を擦り、肩をすぼめるのがやっとだ。

「そうや。誰かが相応のリスクと覚悟をもって、君の命を直接奪おうとした。その結果や」

「なんで……莉歩じゃないなら一体誰が私を……」

涙声だった。鼻が詰まって変な声になっているな、と自分でも思ったが捲《まく》し立てる言葉は止まらなかった。

「少し脱線するけど」

反してアビーの声音はどこまでも静かだった。興奮してなにを喚《わめ》いているのか自分でもわからなくなっている私とは対照的で、私がギリギリ暴れない線で止《とど》まれているのはアビーが冷静だからだと思い知る。

「僕ら厄裁師は、必ず匣と一緒に行動せなあかん。これは暮らしも共にしろっちゅうことでもあんねん。わかっとるやろうけども僕とゲイルがそうや。今言うたようにな、匣は『呪詛で死なん体質』やねん。すごいんはどんな毒物でも絶対に死なんちゅうことや。人の悪意さえ籠《こ》もってたら呪詛として成立すんねん」

私が目でうなずくのを確かめてアビーは続けた。

「匣っちゅう特異体質でもな、その特性は割と個人差によるねん。例えば、なんでもかんでも毒《呪詛》を吸うてまう体質の奴がおる。これは本人が自覚症状ないからタチ悪いんやけど、触れただけで穢れや呪念を吸うてまうねんな。そんで無自覚のまま体内に呪詛を溜めてまう」

　そのタイプが君や、アビーは私にそう言った。

「ゲイルの場合はまた少し特殊や。今はコントロールできるようになったけど、元もとアレは『他人に伝染《うつ》してしまうタイプ』の匣やねん。その名残《なごり》でいまでも厄裁した直後は誰もゲイルに触れられへん。……厄裁を行う時、誰にも見られたらあかんっちゅうたな？」

「言いました。呪いが術者に撥ね返るって」

「ありゃあ方便や。僕らの場合、事情知らんやつが場におるとゲイルに触ってまうやろ。もしも厄者が触れてしもたらせっかく吸うたんが戻ってまうからな」

　厄裁する際、厄霊を鎮める作業でどうしても匣が厄霊の呪詛をある程度吸収する必要があるという。その過程が術者にとってもっとも消耗する作業であり、危険な状況なのだとアビーは説明した。

　修哉の時に消耗しきっていたゲイルを思い浮かべる。やはりあれは演技などではなかった。

「あの……いいですか」

「言うてみ」

「匣は、呪詛では死なないって言いました。でも一方で許容量には個人差があるって」

　許容量の話はゲイルから以前聞いた。アビーは黙ってうなずく。

「許容量ってことは限界があるってことですよね。でも死なない。じゃあ、毒が匣の許容量を超えたら、一体どうなるんですか」

「厄霊になる」

…………え？

周りから音が無くなる感覚に戸惑った。その戸惑いはアビーの言葉がもたらしたものだということに気付いた。もう一度、訊き返そうとしたがそれを阻むようにしてアビーが先に口を開く。

「匣はな、呪詛がバケツいっぱいになって溢れると厄霊になるんや」

「うそ……」

「匣は自分が溜め込んでおける呪詛が限界近くになるとサインがでよんや」

サインとは、
・身体的な変化が現れる。どのような変化かは個人によって違う。
・黒い亡者が頻繁に自分の周りに現れるようになる。
アビーはそう説明した。

そして、私は該当していた。まさにここのところの悩みがそうだ。

つまり私は大阪へくる前からかなり危ない状態だったということになる。

「まさかあの黒い影が兆候だったってことですか……！　でも急に頻繁に現れはじめたんです！　おかしくないですか」

「無自覚で匣に覚醒《かくせい》した人間はな、いわば呪詛に対する感度がビンビンの状態なんや。でも本人が無自覚やから全然わかってない。やから無意識に色んなところから呪詛を拾ってきよる。それに匣が厄霊に堕《お》ちるまでの期間もある」

手を打たないで放置して一定の期間が過ぎると匣は厄霊になってしまう、とアビーは語った。これが凡《およ》そで二年くらい。ちょうど私の顔にシミが現れてから二年が経っていた。

「阿南から君が厄霊になりかけとるって聞いたんや。せやから君をしばらく店に閉じ込めておこうとした。ちょっと乱暴な手段やったんは認める。すまなんだ」

私はただうつむくしかなかった。

「僕ら厄裁師は危険視されとる職能や。パンサーとかホワイトベアクロウとかTレックスとか組合の連中おったやろ。あれは僕らに仕事を手配してるだけとちゃう。僕らは管理されとる側や」

「管理……どうして」

「ゲイルが厄霊になる可能性があるからや。僕にはゲイルが厄霊にならんようコントロールする役目もあんねん」

眩暈《めまい》がしてフラフラと後ずさった。背にぶつかった窓ガラスがうるさく騒ぐ。

ゲイルが厄霊に？　なぜ？

「今浄化行ってるっちゅうたやろ。今回のことでゲイルはバケツがいっぱいになりかけたんや。ほんまはそこまでギリギリになるまでに適度な『仕事』で毒を抜かなあかんねんけど、太野家の一件で普段とは違うことをしてもうたもんでな。危うくいっぱいになりかけた。強制的に毒抜きをするのが『浄化』。ゲイルはそのために天王寺におる」

「私の……せいで……ゲイルが厄霊になりかけた」

「まあそこは反省しぃ。でもまあゲイルは厄霊になってへんし、そこそこにな。なんにせよ、組合が睨んどるから僕らは大阪からもでられへんしね。匣の数と厄裁師の数が合ってないのもあるし、どこも大変や」

「匣の数が多い……？」

「せや。それだけ世の中は呪詛で溢れとる。そして、毎日毎日誰かが誰かの死を願い、それを実行しとる。それでたまたま覚醒してもうたのが匣」

「それがゲイル……」

「そうや。それと阿南の件やけどな」

アビーの顔を見上げた。私を大阪へよこした阿南は一体どうしているのだろう。

「あいつ、またミヤケと無茶な案件に首突っ込んでるみたいでな。ああ、まあこっちの話やけど。それでまあ連絡つかんかったらしいわ。そんでようやく君がきた理由を聞けた」

ゲイルが厄霊になるかもしれないことより、自分が厄霊になるかもしれないということのほうが断然恐ろしかった。我ながら厭になるが、太野家で対峙したあんな禍々しいものに自分がなってしまうだなんて、悪夢ですらかわいい。

つまり、厄霊予備軍。私は死を許されない生きる毒。

「私を管理するため？　私が厄霊にならないように」

たくさんの人間。家族。友達。ファン。メンバー。

大事な人たちを私が呑み込んでしまうということ……。厄霊になってしまうとはそういうことだ。

山崩れ、津波、地震、台風——

大勢の人間がなす術もなく命を奪われていく映像が脳裏をよぎった。私は生きる災害になるのか。目の前が真っ暗になった。

取り乱しそうになる私を寸前で引き留めたのもやはりアビーだった。アビーはひとこと「ちゃう」と言った後、優しく、しかし頼もしさのある口調で続けた。

「阿南からは君を助けたってくれって頼まれたんや。あのまま東京におったら今頃君は厄霊になってたかわからん。君と会って、一刻の猶予もない状態やとわかったみたいや。だからすぐにこっちによこした。組合に君の存在がバレたらどんなことになるかわからんしな。あいつらのことや。危険な存在として、一生山寺とかに閉じ込められるかもしらん。素質があれば厄裁師と組まされることもあるやろけど少なくともゲイルっちゅうごつい匣と僕がついてればなんとかなるやろってなもんやな」

「私を助ける……」

「せや。愛想《あいそう》ないけどああ見えてお節介《せっかい》なんや。君はずっと僕らにシミを消してもらえるって期待してやったみたいやけど、僕らにはでけん。同じ呪詛でも毒物は体内に容れるやろ？　外から攻撃するタイプの『呪術』とはまたちゃうんや。匣は『呪術』を吸うのは得意やけど、『毒物』を吸うのは不得手やねん。散々、シミは『呪いやない』って言うたけど、そういうことや。呪詛であっても僕らにはどうにもできん。対処できんもんを『呪い』とはよう言わんかった」

阿南とは数度しか顔を合わせていない。多くを話したというわけでもなかった。なのになぜ私にそこまでしてくれたのか、わからなかった。

「まあひとつは運よく君がまだ組合に捕捉されてへんかったっちゅうこと。ふたつめに、『後がなくなった人間』しか阿南に辿り着かんっちゅうこっちゃな」

アビーは壁に寄り掛かり、腕を組んでいた。私は床にへたり込み、訥々《とつとつ》と告げられた事実にただ打ちのめされるばかりだ。なにも考えられない。

「ただ、ゲイルはもっと前から君が匣やって気付いてたみたいやけどな」

「ゲイルが？」

「君、ゲイルと初めて会《お》うた時、なんかしたんか。阿南から君が匣やっちゅう話聞いたって言うたかて驚かんかったで」

私が匣だと気づくような出来事……マンションのドアに触れたことを言っているのだろうか。あの時、私は無意識にマンションの悪霊を吸った？

「やけに君のことを気にかけとった。気でもあるんかと思うたんやけど……」

アビーは私のつま先からつむじにかけてマジマジと見つめた。

「それはないしなあ……って」

「ない理由を十個挙げないと人中に正拳めり込ませますよ」

アビーは嘘やがな、と焦った。

「でもまあ、なにもかももう安心しい。色々あったけどな、ゲイルも命に別状ない。君も匣やったけど、それももう過去の話や」

「匣が過去の話ってどういう……」

アビーは近づき、私の頭に手を置いた。

「君の食いしん坊もちったぁマシになるやろって話」

「ちょっと！　もう話は終わりなんですか、そんなの……」

目の前がぐるりと反転し、ぶつりと視界が途切れた。

自分が突然眠りに落ちてしまったことを、私は朝になるまで気づかなかった――

5

「アビーさん！」

アビーの部屋のドアを叩く、ノブを回す、鍵は開いていたが誰もいない。念のため隣のゲイルの部屋も確認するがいない。

店も同じだ。どこにも人の気配はなかった。

時刻は正午をまたごうとしていたところだった。外は陽が照り、雲ひとつない快晴。窓から差し込んだ陽の光で私は目を覚ましたのだ。昨夜とは違い、起きてすぐに頭は鮮明だった。

アビーと話したこともゲイルのこともすべて覚えている。当然、私が匣だという事実もだ。

起き抜けなのに顔も洗わず、帽子だけを持って店を飛びだした。

今日はどこだ。ADCか、イコーナか、デラジオ……。

すっかり界隈《かいわい》のパチンコホールに詳しくなってしまった。遊んだこともないのに。

だが捜索も虚しくアビーの姿はホールにない。ならば、AVソムリエか。

周辺の喫茶店を手あたり次第にあたってゆく。——いない。

散々走り回り、気づけばいつかのどんぶり鉢をかぶったお姫様の石像の前にいた。これは『鉢かづき姫』。日本の童話にもある鉢をかぶったお姫様で、寝屋川のシンボルだ（発祥らしい）。寝屋川市のゆるキャラもはちかづきちゃんという。……とこの寝屋川での生活で知った。無我夢中で走り回っていたらしく、どうやってここに辿り着いたのかもわからない。

平日の昼間だが、小さな子供が何人か遊んでいる。そばで母親たちが井戸端会議をしながら子供が遊んでいるのを見守っていた。

ふと見上げると橋。正面には川がある。そうか、たまたま見かけた公園でもしや散歩でもしていまいかと降りたのだった。

「アビーが散歩なんて……」

根拠はないがそんな性格ではないように思った。

大きな溜め息を吐き、その場にしゃがみ込む。帰ってくるのを待つしかない。それしか術は残されていないが、なぜか理由もなく胸騒ぎがする。

アビーやゲイルにもう会えないような気がしていた。

「……ん」

目の前に小さな女の子が立っていた。不思議そうに私を見ている。

「あっ」

そうだ、帽子しかかぶっていない！

手で顔を覆い、シミを隠す。今更遅いがこうでもしなければ子供を怖がらせてしまう。

「しんどいん？」

女の子が話しかけてきた。どうやら私を見て心配しているようだ。

「しんどい？　……ううん、違うよ。平気」

「でもいっぱい汗掻いてるで」

「大丈夫だよ、ちょっといっぱい動いたから」

「大人でも遊ぶんや！」

少女はひとりで納得し、大声ではしゃぐと私に背を向け、あの生々しいタコの遊具へ駆けていった。

顔のことを言われなかった。案外、子供には関心が湧かないことなのだろうか。

そういえば前にきた時、あそこに厭な影を見たんだっけ。ふと目を凝らすが影は見当たらない。いなくなったらしい。

東京では普段から好奇な目で見られた。憐れまれたり、小声で蔑《さげす》まれたりもした。

あの子は私のシミに無関心なのか。子供ほど容赦がないものだが。

とにかく、アビーが帰ってくるのを待つしかない。ゲイルの居場所もわからないのだ。

それに――。

――『君も匣やったけど、それももう過去の話や』

あの言葉がどういう意味だったのか聞いておかねばならない。

あ、どうやって帰るんだろう。

ふと我に返り、途方に暮れかけた。すぐにスマホのナビを起動すればいいと気づく。

「……忘れた、スマホ」

ポケットを叩き、愕然とした。

あろうことか部屋に忘れてきてしまった。どっちが寝屋川市駅だっけ。

勘で歩こうにも私は方向音痴だ。勘で Bar. SAD に辿り着ける自信はなかった。せめて寝屋川市駅の方向さえわかれば……。

近くに誰か道を教えてくれそうな人を探した。

「あの、すみません」

井戸端会議をしていた子供の母親に声をかけた。

帽子で顔が隠れるよう、できるだけうつむき加減で話しかける。

「はい？」

声から訝しみが滲んでいる。

「寝屋川市駅は、どう行ったらいいのでしょうか」

「寝屋川市駅？　そっちのほうがわかりやすいやんな」

せやね、そっちがいいわ、と母親たちが相槌を打った。

「あそこの階段……、そんなうつむいてて見える？」

「大丈夫っす」

余計に怪しまれたのか、不意に顔を覗き込まれた。慌てて顔を逸らすが、母親のひとりが「えっ」と声を上げた。

「NE×Tのるるにめっちゃ似てる」

心臓が止まる。

「NE×T？　るる、っておったっけ？」

「ええっ、知らんの？　二年前、ランキング一位とったのにセンター立たずに辞めてもうた選抜メンバーやんか！　……ほんま似てるわ。よう言われません？」

「ええっと……そうですね……ときどき」

しどろもどろに答えつつ、内心焦った。この緊張感は実に久しぶりの感覚だった。あと、辞めてない。

「寝屋川市駅やんね。そこの階段上って道路渡って川沿いに真っすぐ行ったら見えてくると思いますよ」

母親は身振り手振りを交えて教えてくれた。

「でも似すぎちゃう？　あの、るるちゃんですか？」

「いや、いくらあんたがアイドル好きやったとしてもそれはないわ～」

「だって今日って大阪ドームの最終日やし、サプライズとかあるかもしやんやん」

「もうええって」

一緒にいた母親は笑うが、疑っている本人は腑に落ちない表情で私をじろじろと見ていた。そうか。今、NE×Tは大阪にいるのか。

「ありがとうございます。それじゃ……」

後ろから「あっ」と聞こえたが構わずに階段を駆け上がる。止まっていたように思えた心臓が今度は跳ねるように躍った。なんだか体が熱い。

「なんでわかったんだろう」

確かに素顔ではあるが顔がこんななのにわかるものだろうか。

いや、それよりもNE×Tの『るる』が顔のシミが原因で休んでいるとバレてしまうことが恐ろしかった。まだ、たった二年なのだ。

何度も後ろを振り返り、歩みを速めた。

数分歩くと案内の通り寝屋川市駅が見えた。帽子を深く被りなおし、うつむきながら『ベルおおとし商店街』のアーケードを突き抜ける。

Bar. SADに飛び込む。店にはレボもアビーの姿もない。というより人の気配がない。

部屋に駆け込み、スマホを手に取った。アビーの連絡先は知らない。当然ゲイルも。レボの名刺には店の電話番号しかなかった。

早々に希望を摘《つ》まれ肩を落とした。所在なさげにしているスマホの画面だけが眩《まぶ》しい。

「通知?」

スマホに二件の通知があった。そういえば昨日の夜からきていた気がする。

《件名:ハイレゾです》

「ハイレゾさん!」

思ってもみない人物からのメールだった。なぜ今更私にハイレゾからメールがくるのだろうか。恐る恐るフォルダを開き、私は薄目でそれを読んだ。

《どうだ。元気かいパワフルガール。実は近くメンバーの大きな入れ替えがある。ここだけの話だが莉歩は卒業要員で、夏鈴も抜ける。実力主義のグループだが反面、強いメンバーがずっと居座る傾向にあるしな、俺も退屈だしファンも退屈だ。ハイレゾは常にエキサイティングなハイウェイを走りたい。だからこのタイミングでお前のエクストリーム復活劇を華々しくやりたい。俺はずっとNE×Tのセンターはお前がグレートマッチングだと思っているよ。不幸な事故があったが、またお前のバーニングパワーで俺たちを黒焦げにしてくれ！　Catch the wave, dreams come true》

「ダッサ！」

文面から迸《ほとばし》るダサさだ。久しぶりにハイレゾの文章を読んで愕然とした。あの頃はなんとも思わなかったのに。

どうしてこんなにダサく感じるのだろう。それとも私の気持ちが変わったのか。

「それに……」

頬に触れる。ハイレゾの気持ちは嬉しいが、こんな顔でどうやって戻るのだ。

文面からハイレゾは、私の顔のことを知らないらしい。でも、もうどっちだっていい。

ふとイメージしてみる。あれから二年が経ち、私が新メンバーに交じってNE×Tに復帰するとする。センターに立ち、ファンの前でこれまで以上のパフォーマンスを披露するのだ。

その時見る景色は……本当に欲しかった景色だろうか。

瞬間、すべての色を失い、世界は灰色になる。虹色《にじいろ》に輝くスポットライトも、サイリウムも凝ったかわいい衣装も、メンバーの濃い化粧も。みんな、焦げついて灰になるのだ。

そうか、私はもうあそこに帰りたくないのだ。何者でもなかったこの二年間で、私は変わってしまった。その変化に自分で気づかなかった。

「ごめんなさい。その期待には私、応えられない」

メール画面を落とし、もう一件の通知に私はさらに驚いた。

《不在着信：莉歩》

「莉歩……？　な、なんで」

このタイミングで莉歩からの電話。誰よりもかかわりたくない存在だった。今、彼女の声を聞けば、私の心は壊れてしまう。

目をつむり、ベッドにスマホを置いた。もう莉歩は関係ない。

立ち上がり、洗面所へと向かった。今の自分を直視しなければ。これからの生き方を。

――『死ぬ理由に太野家や修哉くんを使うんは卑怯やで』

昨夜アビーに言われた言葉が矢のように心に刺さった。きっとこの矢は抜けない。私は生きねば。

望まず命を絶たれる人はたくさんいる。それなのに私が、拾った命を無駄にすることはできない。たとえ夢が絶たれても、それを理由にして命を粗末《そまつ》にしてはいけない。

そんな簡単なことも見失うところだった。

アビゲイルのおかげだ。シミは消えなかった。でも、私の中のなにかは確実に変わった。今はそれがなにかわからないけど……きっと。

気持ちがここまで変化したのは大きな進歩だと思った。

生きよう。

そう強く思えるようになったのは彼らのおかげだ。

蛇口をひねり、勢いよく噴きだす水を両手で受け顔をすすぐ。何度も、何度も、すすぐ。この二年間でそれは癖になっていた。無意識にシミを消そうとした結果だろう。

タオルで顔を拭きながらアビゲイルを思った。

せめて最後に会いたかった。だがこんな強引な別れ方を望むくらいだ。アビゲイルにはそのつもりはないのだろう。そもそもゲイルは浄化中だ。

もうここには私が寝る場所はない。

新しい一歩を踏みだす地は、自分で探さなくては。

顔に押しつけたタオルを解き、顔を見上げた。これからはこのシミと仲良く付き合っていかないとな。

新たな気持ちで改めて真っ白な顔を見つめた。

「…………へっ？」

頬に触れる。次に額、顎、目と、両手でべたべたと触った。

鏡はまったく同じ動作を映しだし、これが夢でも冗談でもないことを確かめる。

ない。ないのだ。

「シミが……消えてる……」

鏡の私は顔の半分をかじられた姿ではなかった。胸元を確かめる。ない。

シャツを胸の下までまくり上げる。ない！

シミが全部、なくなっている！

「なんで！　なんでいきなり！」

涙が溢れてきた。そのままへたりこみ、天を仰ぐ。とめどなく溢れる涙が耳にたまり、首を伝った。

「ああ……あああああーっ！」

止めることができなかった。魂からの叫び、喜び悲しみ怒り、すべての感情がないまぜになり口から声となって、目からは涙となって放出する。

大声で泣いた。今更気づいたことがひとつ、声だけは変わっていない。今すぐにでも歌える。

「うあああああーー！」

その瞬間、私は失ったすべてを取り戻したのだ。

其の五　莉歩

大阪でのライブ最終日前日。

重大発表を明日に控えた私は、ホテルの部屋でひとりこれまでを振り返っていた。

センターになってからもうすぐ一年。ＮＥ×Ｔは異例の躍進を遂げた。

長かった。

もしも、るるがあのままセンターについていたら、ここまでこれただろうか。

だが上手くいっているかと言われれば、決してそんなことはなかった。

ピンの仕事がこない。センターといってもメインでセンターをしているだけで、曲によってはそうでないことも多い。事実、順位も安定していない。トップ３圏内を行ったりきたりしている。自分が向いていないのだと突き付けられているようで、苦しかった。

みぃみゃや麻奈美、キヨはバラエティやドラマなどの仕事で活躍している。その中でみぃみゃはルックスも能力も他のメンバーと比べて、どれも突出していない。正直どうしてこんなにテレビにでているのかわからなかった。

グループ内でも『運営の誰かがごり押ししている』という噂《うわさ》が立った。

不自然なことはこれまでも数えきれない。ランキング上位ではあるものの、目立った活躍もしていないのに異例の抜擢劇があったり、人気投票でも操作されているとしか思えないような得票数を叩きだしたことがある。裏でみいみゃの人気を不正に操っている人物がいることはみんなわかっていた。

だが誰もそのことには触れない。告発したところでろくなことにはならないと知っていたからだ。誰しも、我が身が一番かわいい。

——るるがいたら、もうちょっとやりがいあったかな。

ハッとして頭を振った。

るるは私が呪った。そのせいでるるは顔に醜いシミを負い、NE×Tから、芸能界から去ったではないか。

ずっと私は後悔していた。あの頃の私はどうかしていた。

同期でずっと一緒に切磋琢磨してきたはずのライバル。

「どっちがセンターを獲っても恨みっこなしね」

そう言って笑いあった絆《きずな》を自らの手で滅茶苦茶に壊した。

着々と人気を獲得していくるるのそばで、嫉妬の念を積み重ねていった。いつしかそれは憎悪になり、るるのリタイアを心の底から願うようになった。

それで解決する。私は一番になれるのだと本気で信じていた。

『嫌いな人間の呪い方っていうのがあるんだってさ』

ある時、レッスンの合間にメンバーと怖い話で盛り上がっていると、緑川が急に呪いの話をしてきた。私はその話に強く興味を惹《ひ》かれた。

「えらく興味津々だったね」

レッスンの後、緑川に話しかけられた私は驚いた。

「そんなことないです」

「嫌いな人、いるの？」

にこやかに訊ねる様子は冗談の延長のようですこし安心した。

「いくらランクアップしたいからって、冗談でもメンバーを呪ったりしちゃだめだぞ？」

ははは、笑いながら緑川はキョロキョロと周りを見回した。

聞けばるるを捜しているのだという。

「るるの奴、グレープフルーツ嫌いだろう？　だからこのドリンクをいつも飲みたがらないんだよ。それでレッスン後は僕に見つからないようにすぐいなくなる」

そう言って緑川はドリンク容器をたぷん、と傾けた。

「あー……なんか、これ飲むと気分悪くなるって」

「飲まない言い訳さ。困った奴だ」

「あの、だったら私がこれからいつもるるに飲ませますよ。その代わり……」

その代わり？　とオウム返しする緑川はすこしの間、私の顔を窺《うかが》った。そして、「ああ」とわかったように笑った。

「しょうがないな。あとでURLを送っとく。さっきの話も実はそこからの受け売りだ」

緑川は再度、メンバーにはやらないようにと念押しし、呪術のサイトを教えてくれた。

約束通り、るるにドリンクを飲ませるのが私の日課になった。いろんな呪いを試してみたけどるるが着々とランキングを上げていく。私は自分をコントロールできないくらい、嫉妬の炎に焼かれた。逆恨みだとわかっていた。だが止められなかった。るるが憎くて憎くて仕方がなかった。

その夜私は、もっとも効力があると書いてあった呪いをかけた。本気でいなくなれ、と思ってしまった。

そしてるるはセンターに立つこともなく、ステージを降りた。

るるがいなくなって、私が望んだ日々がやってきた。

なのに本当に満足のいく結果は訪れなかった。るるがいなくなったからといって、私からライバルがいなくなったわけではなかったのだ。

そんなことわかりきっていたはずなのに、るる一人がいなくなれば解決すると思い込んで、私はバカなことをしてしまった。

私がこうしてセンターにいるのだって、夢見ていた心地ではない。それは、自分がるるを呪って手に入れたものだと知っていたから。

るるは実力で、絶え間ない努力で勝ち取ったのに。それを私は一時的な嫉妬で理不尽に全部奪ってしまった。

ふと左の掌を見つめた。ぷっくりと膨らんだ直線状の傷跡がある。私は自分の血を使ってるるを呪った。るるがいなくなるように。結果、るるはリタイアした。

でもるるにとって、死ぬ以上の苦しみが訪れた。

あの子から生きがいを奪ってしまったのだ。

そして私は明日、大阪ライブの中で卒業を発表する。るると一度も話せないまま。

バチン
「えっ、なに？」

突然、ホテルの部屋の電気が切れた。私の視界が闇に奪われる。

「冗談じゃないって、停電？　嘘でしょ」

真っ暗な部屋の窓に大阪の夜景だけが絵画のように浮かんでいる。そのおかげでなんとかドアの方向だけはわかった。

廊下にでようと壁伝いにドアへ向かう。こんな夜中に停電なんてついていない。

「……え、ちょっと待って」

再び部屋の窓の方を向いた。大阪の夜景が四角形の枠に切り取られるようにして広がっている。

その景色を前にして私は怪訝に思った。

「どこも消えてないじゃん」

もしかしてこのホテルだけなのか。そんなことがあり得るのだろうか。

なにかの事故の可能性もあるが、部屋の外からはざわついた様子は窺えない。

広範囲の停電じゃないだけだ。そう思い直し、再び壁を伝った。

「お、落ち着いて。とりあえず、外に……」

その時、唐突に顔の正面が煌々《こうこう》と光った。思わず飛び退き、壁に背がぶつかる。

「な、なに？」

光ったのはバスルームのガラスだ。中が赤く光っている。わけがわからなかった。

それに釘付けになりながら、私は必死に頭を整理する。これはどういうわけだ。

とにかくここからでなければ！

壁から離れ、一目散にドアへ駆け寄る。

「開かない！　開かないよ！　誰か、誰か！」

ドアを叩く。ノブをガチャガチャと何度も回す。体当たりで押す。ドアはびくともしない。

ずっ……ずっ……。

引きずるような足音が近づいてくる。どこからだ？　バスルームからでてきたのか？

気が狂いそうな恐怖が背の皮を剝ぐかのように襲い掛かる。脅威が一歩ずつ近づいてきているのに、ドアは開かない。

「助かりたいのか」

不意にドアの向こうから若い男の声がした。

「お願い、ドアを開けて！　助けて！　部屋に誰かが……」

「だったらなぜ呪った」

「呪った……なんで……どうしてそのことを」

ずっ……ずっ……。

「お願い開けて！　助けてよ！」

「るるはお前を憎んでいるぞ。でもその気持ちに必死で抗《あらが》っている。アイドルとして相応《ふさわ》しくないってな」

「あなた、るるの……」

「謝れ」

「呪いなんて信じてなかった……でも」

「謝れよ、じゃあ」

「望んでなかった、あんなこと！　やりすぎだった……私はただ、一番になりたかった！　るるもそれは一緒だったはずなのに、それなのに私が……うう……」

「うっせーな、謝れって言ってんだよ」

「オイオイ君、そない言い方したら謝るもんも謝れへんて」

もう一人、関西弁丸出しの男の声が聞こえた。二人いるのか。

「悪いことしたって思うてんねやったら、『ごめんなさい』、やろ？」

「ごめんなさい……るる」

「ええやん。ええ謝りっぷりやで」

「最初から本人に言わせせりゃいいのに」

「まあまあ」

標準語の方の男は機嫌が悪いのか、ひどく口が悪い。もう一人がしきりになだめている。ごめんなさいとくり返す。鼻水で濁った声はみっともなくて、とても人に聞かせられるような声ではなかった。

もう自分が恐怖に負けてなのか、自分に負けてなのか、どうして謝っているのかわからなくなるくらい泣きじゃくっていた。私はあの日からずっと、るるのことばかり考えていたのだと知った。

「なんだ。別に悪い奴じゃねえじゃん、恨みすぎだろ、リブロースの奴」

「えっ……？」

「心配せんとき、一番悪いのは君やない。なんか呪いの真似事したんやろけど、見事に失敗してるし多分、それは呪いって代物ちゃう。それよりも直接るるを殺そうとしたやつがおる」

「呪いが失敗してる、って……一体あなたは……？」

「特定のメンバーに肩入れしてた奴いるだろ」

「君な、疲れてんやから黙っとき。無駄に怯えさすだけやで」

ふん、と口の悪い方は黙った。

「そんなのいくらでもいるし」

「ああ、ファンとかちゃうで。君らの関係者や」

「関係者にそんな人いな……」

言いかけて、言葉が詰まった。

メンバーと付き合っている噂。みいみゃと――。

「るるは呪われてへんけど、毒を飲んだ。それもちょっとずつ毎日」

「毒……？」

「毒だよ毒、るるに毒飲ませたやつ」

呪いではなく『毒』。思いがけない言葉に戸惑ったが、なぜか引っかかった。そして、無意識に私はそれを口にしていた。

「グレープフルーツ……」

バチン
部屋が明るくなる。停電が直った。

「きゃあっ！」

同時にいくらノブを回しても開かなかったドアがなんの抵抗もなく開き、勢いのまま部屋に転がった。

咄嗟に体勢を立て直し、警戒するが部屋には誰もいない。バスルームにも異状はない。

「……え？」

放心状態になる。廊下にも誰の姿もない。停電があったとは思えないほど静かだ。

「なんなの……」

頭が混乱していた。

幻だったのだろうか。

「さっきの停電も……？　そんなこと」

しばらくそうしていたが徐々に動悸が収まり、正気が戻ってきた。

毒を飲まされたというのは本当なのか。それを飲ませたのが――――？

「知らせなきゃ、るるに」

スマホを取った。何度も消そうとして消せなかったるるの電話番号を呼びだす。

【通話】のボタンをタップできない。いまさら、なにを話せばいいのだろうか。

しかし、今私に起こったことはるるにとって重要なことに違いなかった。

そうだ。用件だけ伝えればいい。……用件だけ伝える？

「だめだそれじゃ……私は謝れたじゃん……だからきっと――」

震える指先。ほんの少し、動かすだけなのに、初めてステージに立った時よりも緊張している。

スクリーンに触れるだけで爆発してしまうのではないかとさえ思った。

「うぎゃあ――」

開け放したドアの向こうから、凄まじい悲鳴が轟いた。

「あっ！」

突然の叫び声に驚いて通話を押していた。慌てて通話を取り消してから我に返った。

「みいみゃ！」

廊下に飛び出すと別の部屋の前でみぃみゃが腰を抜かしていた。男たちの姿はない。

みぃみゃは半開のままになった部屋のドアを見つめ、顔を引きつらせている。

「なにがあったの？　ミドさんは？」

口をパクパクするが言葉にならないようだった。ただ部屋を見つめ、ガタガタと震えている。

「きゃあっ！」

突然、中から人影が飛びだしてきた。

「誰か！　きゅ、救急車を呼んでくれ！」

そう叫んでその人影はこちらに振り向いた。

私はその姿に釘付けになり、凍りついた。

「助けてくれ……助けてくれ！」

絶叫にも近い叫び声をあげ、人影は崩れ落ちた。

その姿は、墨で塗りつぶされたように、真っ黒だった。人影ではなく、影のように真っ黒な人間。

下着姿の半裸の男。それは緑川だった。

「……あ」

――『このドリンクをいつも飲みたがらないんだよ』

「いやぁ、参ったわ～」

アビーが頭を掻き、店に入ってきた。

カウンターに座るとアビーは箕面ビールを注文し、レボがジョッキを置く。

ビールを一口呷《あお》り、カウンターに突っ伏すと大きな溜め息とゲップを同時に吐いた。

「今日の客はえぐい。散々、違法すれすれのロリばっかリクエストしよってからに。そのあと、○○○○に○○○やで？　たいがい変態は慣れとるけどそればっかりはしんどいわ～。あげく、買《こ》うたん一本やし。割り合わんな」

「アビー、とりあえずＴＰＯはわきまえよっか」

「ああ堪忍、レボさん」

と言いつつ、後に続く笑い声に反省の色は感じられなかった。

店内には客は一組。テーブルに男女が座っているだけだ。

まだ開店して時間が経っていないからか、店にはのんびりとした時間が流れていた。

「ああ、今日るるちゃん、テレビにでてたよ」

「ほんまに。せっかくゲイルが毒吸うたっちゅうのに、わざわざローカルアイドルに逆戻りせんでもええのにな」

「ははは。NE×Tに戻らないっていうのが意外だったね。それも関西のローカルアイドルなんだから」

「そうそう。こないだ僕もテレビでてるん見たけど、あれ大阪しかやってない番組やろ? なんでまた東京にも帰らんとそんなことしてんねんな」

「うーん、俺はわからないね」

困ったようにレボが笑った。アビーはさらにパチンコの成績も振るわなかったようで、愚痴ばかりを繰り返す。愚痴の量の割にビールは減らない。

「アビー、これ駅で配ってた」

「ん、なんや? おお、噂をすれば……やな。新曲やて」

買い物から戻ったゲイルがアビーの隣に座る。すかさずレボが注文を訊いた。

「あ、俺いいわ」

「えー、売り上げに貢献してよ」

「やだね」

「ははは、るるが作詞やて」

「できんの? あいつの語彙《ごい》力、鶏《とり》むね肉並みだぜ」

「脳みそですらない!」

「それにしてもアビーも荒業やるね」

なんのこっちゃ？　とアビーはジョッキを傾けながらとぼけた。

「るるのことだよ、かなり無理したろ」

「ふん、僕は移すだけや。るるの呪詛を受け入れた君に比べたら大したリスクはあらへん。所詮、僕はパイプでしかないしな」

「ほとんどの場合、呪詛がきっかけで匣は覚醒するから、それならやりよう次第で吸えるんじゃないかって前から思ってたんだよな。今回はたまたまうまくいっただけだ。もう二度とやらねーかんな」

組合にバレたら大事だしな、とゲイルは笑った。レボがもう一度売り上げに貢献しろと睨む。

「いくら自分の女を人気者にさせたいからって毒を盛らなくてもな」

「莉歩って子がるるを呪おうとしとったタイミングで実行すりゃどうにかなるとでも思うたんやろ。そんなもん仮にるるが死んだとしたらすぐバレるわ」

「ちょっと考えりゃわかるのにな。ワロ」

「恋は盲目っちゅうか。愚かしいで、ほんま」

アビーはジョッキを傾けながら嘆いた。

「まあまあ辛気臭い話はやめなよ。それよりさ、るるちゃんが大阪を拠点にしたってことは、うちにもまたくるかもよ」

レボがそう言ってふたりの前に料理をだした。

「ほい、キーマカレー」

「おお、やったあ！　食べたかったんだよねー」

「ほんまや。レボさんおる時しか食えんからな」

ふたりして手を合わせ、いただきますと声を重ねた。

「るるはレボさんのキーマカレー食ってないよな」

「勿体ないな。でもあの子がおったら皿ごと食うてまいよんで」

「そんなこと言ってちゃ、るるちゃんくるかもよ」

いやあ、ないない、とふたりは笑った。

「あないえらい目遭《お》うてんのにまたここくるとか、よっぽどの変態やで。ドMやドM」

「そうそう。俺らにかかわったらまた匣に後戻りするかもしんないのに」

「せやけどあの子、匣としては結構な逸材やったな」

「そうだな。パンサーの案件の時、ドアに触れただけで悪霊吸ったのには目を疑った」

「修哉くんの時もあの子がペンに込めた呪い吸うた。やからペンを持っててもなんも起こらんかった。まあ、そもそも呪詛の対象はるるとちゃうかったし、大したことにはならんかったやろうけども」

「逸材だな。だからこそもうこっちに戻っちゃだめだ」

「せやな」

そう言ってキーマカレーの二口目をスプーンですくった時、レボが「いらっしゃいませ〜」とカウンターから声を上げた。

「あーずるい！　なんかふたりだけで美味しそうなの食べてる！　レボさん、これと同じのを四つください！」

スプーンが皿に落ちる音がふたつ、聞こえた。

取材に協力いただいた「BAR ADO」のMC．GEBO様に深く感謝申し上げます。

——最東対地

本書は書き下ろしです。

〈著者紹介〉

最東対地（さいとう・たいち）
1980年生まれ、大阪府出身。2016年、『夜葬』で第23回日本ホラー小説大賞読者賞を受賞しデビュー。近著に『怨霊診断』『おるすばん』などがある。

寝屋川《ねやがわ》アビゲイル
黒《くろ》い貌《かお》のアイドル

2020年7月20日　第1刷発行　　定価はカバーに表示してあります

著者……………………………最東対地《さいとうたいち》

発行者……………………………渡瀬昌彦
発行所……………………………株式会社 講談社
〒112-8001 東京都文京区音羽2-12-21
編集03-5395-3510
販売03-5395-5817
業務03-5395-3615

本文データ制作……………講談社デジタル製作
印刷…………………………………豊国印刷株式会社
製本…………………………………株式会社国宝社
カバー印刷……………………株式会社新藤慶昌堂
装丁フォーマット…………ムシカゴグラフィクス
本文フォーマット…………next door design

ISBN978-4-06-520001-8　N.D.C.913　286p　15cm